高职高专"十一五"规划教材

弧 焊 电 源

邓开豪　主编
张忠坚　主审

化学工业出版社
·北京·

本书主要介绍了焊接电弧的特性，不同弧焊工艺对弧焊电源的要求，弧焊变压器、弧焊发电机、弧焊整流器、脉冲弧焊电源、弧焊逆变器和矩形波交流弧焊电源的基本工作原理、结构特点、优缺点，弧焊电源的选择、安装和使用，常用弧焊设备的结构、常见故障、产生原因及排除方法等实用知识。实用性强，易于掌握。

　　本书适合于高职高专焊接专业师生作为教材使用，也可供工程技术人员参考。

　　图书在版编目（CIP）数据

　　弧焊电源/邓开豪主编 . —北京：化学工业出版社，2008.11

　　高职高专"十一五"规划教材
　　ISBN 978-7-122-03728-2

　　Ⅰ. 弧… Ⅱ. 邓… Ⅲ. 电弧焊-电源-高等学校：技术学院-教材 Ⅳ. TG434.1

　　中国版本图书馆 CIP 数据核字（2008）第 141623 号

责任编辑：高　钰　韩庆利　　　　　　文字编辑：项　潋
责任校对：洪雅姝　　　　　　　　　　装帧设计：史利平

出版发行：化学工业出版社（北京市东城区青年湖南街 13 号　邮政编码 100011）
印　　装：北京市彩桥印刷有限责任公司
787mm×1092mm　1/16　印张 9　字数 230 千字　　2009 年 1 月北京第 1 版第 1 次印刷

购书咨询：010-64518888（传真：010-64519686）　　售后服务：010-64518899
网　　址：http://www.cip.com.cn
凡购买本书，如有缺损质量问题，本社销售中心负责调换。

定　　价：16.00 元

前　言

本书分"弧焊电源"与"常用电弧焊设备"两大部分。在"弧焊电源"部分，系统地介绍了有关焊接电弧的基础知识；各种弧焊电源的工作原理、特点、分类、结构、适用范围等内容，重点讲述目前最先进、最常用的弧焊电源；简单介绍了弧焊电源的选择和使用等知识。在"常用电弧焊设备"部分，主要讲述焊条电弧焊、埋弧焊、钨极惰性气体保护焊、熔化极气体保护焊和等离子弧焊与切割等常用电弧焊方法的设备组成、所采用的弧焊电源种类及其优缺点、常见焊机故障产生原因及排除方法等内容。

本书主要特点：

① 由在焊机厂、焊接生产企业从事过焊接技术工作和长期从事焊接教学的教师参与编写，内容实用准确、切合实际。

② 突出先进弧焊电源如逆变式焊接电源、矩形波弧焊电源、脉冲式弧焊电源、数字化弧焊电源等内容。

③ 全面列出每种常用电弧焊方法用到的各类弧焊源，介绍其发展及优缺点，使学生更容易在对比中掌握相关知识。

④ 对国际弧焊电源的发展现状有相应描述，扩大学生视野。

⑤ 对常用焊接术语列出其英文，便于学生将来工作后和国际接轨。

本书适合于高职高专焊接专业师生作为教材使用，也适合于焊接技术人员作为学习参考书。

参加本书编写的有邓开豪、王勇和黎仕增。邓开豪任主编，王勇任副主编，负责本书的统稿工作。绪论、第一、二章由邓开豪编写；第四、六章由王勇编写，第三章由黎仕增编写，第五章由邓开豪、王勇合编，第七章由王勇、黎仕增合编。张忠坚任主审。

由于编者水平所限，时间急迫，本书难免存在不妥之处，恳请读者予以批评指正。

编　者

2008 年 8 月

目　录

绪　　论

　　焊接是通过加热或加压，或两者并用，并且用或不用填充材料，使工件达到原子间结合的一种加工方法。据统计，工业发达国家钢产量有 60％是以焊接结构的形式应用于生产。目前我国已成为世界上钢产量和钢用量第一的国家，2006 年钢产量突破 3 亿吨。

　　焊接方法有熔焊、压焊和钎焊三大类，每大类又可按不同的方法细分为若干小类。电弧焊是利用电弧作为热源的熔焊方法，它是最常用的一种焊接方法，在焊接生产中所占的比例超过 60％。

　　弧焊电源是指弧焊机中，供给电弧电能，并具有适宜于电弧焊电气特性的设备。

一、弧焊电源概述

　　根据工艺特点不同，电弧焊可分为焊条电弧焊（shielded metal arc welding，SMAW）、埋弧焊（submerged arc welding，SAW）、气体保护电弧焊（gas shielded arc welding）和等离子弧焊（plasma arc welding）等。

　　不同的电弧焊方法需要相应的电弧焊机。例如，焊条电弧焊需要由弧焊电源和焊钳所组成的电弧焊机；气体保护焊需要由弧焊电源、控制箱、焊接小车（自动焊用）或送丝机构、焊枪、气路和水路系统等组成的电弧焊机。埋弧焊需要由弧焊电源、控制箱和焊接小车等组成的埋弧焊机。

　　由上可知，弧焊电源是电弧焊机中的主要部分，是对焊接电弧提供电能的装置。它必须具备电弧焊所要求的主要电气特性。

　　性能良好、工作稳定的弧焊电源是电弧稳定燃烧和焊接过程顺利进行的保证。只有了解和掌握弧焊电源的基本理论、结构特点和电气特性，才能真正掌握和正确使用弧焊电源，并较容易地学习和掌握新型弧焊电源。

二、弧焊电源分类、特点及应用

　　弧焊电源有多种分类方法。习惯上按其输出的焊接电流波形的形状，分为交流弧焊电源、直流弧焊电源、脉冲弧焊电源及逆变式焊接电源。每大类弧焊电源再根据关键器件分小类。详见图 0-1 所示。

　　这种分类方法的优点是把弧焊电源按输出电流种类作了划分，选用时较方便，同时按焊接功率调节器件来细分，也便于对其工作原理和结构特点的理解。

　　另一种新型分类法是按外特性调节控制方式，将弧焊电源分为机械调节式、电磁控制型和电子控制型三大类。然后机械调节型根据机械移动装置的不同结构形式、电磁控制型根据

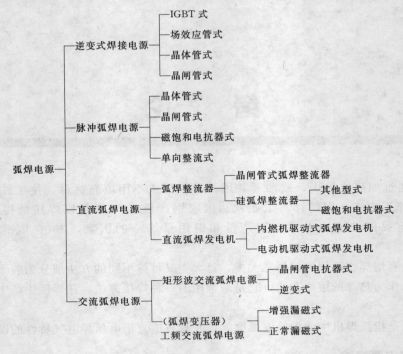

图 0-1　弧焊电源传统分类法

电磁器件不同、电子控制型根据控制信号的不同及外特性控制主要器件不同再进行细分，如图 0-2 所示。

这种分类法可反映弧焊电源发展过程，即由低级到高级依次为"机械调节→电磁控制→电子控制"，其对应的使用范围也由"粗→中→细"逐步演变。

几种常见的弧焊电源的特点及应用简述如下。

1. 弧焊变压器（arc welding transformer）

它把电网的交流电变成适宜于电弧焊的低压交流电，由主变压器及所需的调节装置和指示装置等组成。其优点是结构简单、易造易修、成本低、适应性强。但它的电弧稳定性差、功率因数低，一般用于焊条电弧焊、埋弧焊和钨极惰性气体保护电弧焊（tungsten inert-gas arc welding，TIG）等方法。它属于交流弧焊电源，外特性调节方式则为机械调节式。

2. （直流）弧焊发电机（arc welding generator）

一般由特种直流发电机、调节装置和指示装置等组成。分为（直流）电动机驱动式弧焊机和（直流）内燃机驱动式弧焊机两种。可用作各种电弧焊的电源。它有过载能力强、输出脉动小、受电网电压波动影响小的优点，但同时具有制造复杂，噪声及空载损耗大、效率低、价格高等缺点。我国已在 1992 年明文禁止生产电动机驱动式弧焊发电机。而内燃机驱动式弧焊发电机则在野外无电网作业时仍有少量使用。

3. 弧焊整流器（arc welding rectifier）

由变压器、整流器、获得所需外特性的调节装置及指示装置等组成。它把电网的交流电经降压整流后获得直流电，与直流弧焊发电机相比，具有制造方便、价格低、空载损耗小、噪声小等优点。弧焊整流器可分为硅弧焊整流器（silicon arc welding rectifier）和晶闸管

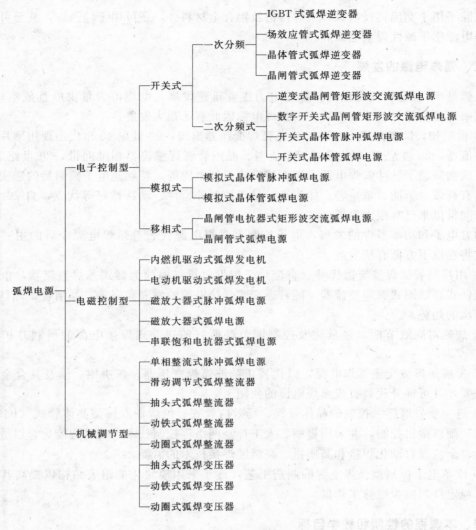

图 0-2 弧焊电源新分类法

弧焊整流器（SCR arc welding rectifier）两类。可作为各种电弧焊的电源。

4. 逆变式焊接电源（inverter welding power source）

逆变式焊接电源把单相（或三相）交流电经整流后，由逆变器转变为几千至几万赫兹的中高频交流电，经降压后输出交流或直流电。整个过程由电子电路控制，使电源获得符合要求的外特性和动特性。它具有高效节能、重量轻、体积小、功率因数高等优点。可应用于各种电弧焊或电阻焊。是一种很有发展前途的新型焊接电源。

5. 脉冲弧焊电源（pulsed arc welding power source）

焊接电流以低频调制脉冲方式馈送，一般由普通的弧焊电源与脉冲发生电路组成。具有效率高、输入线能量小、线能量调节范围宽等优点。主要用于气体保护电弧焊和等离子弧焊，对于焊接热敏感性大的高合金材料、薄板和全位置焊接具有独特的优点。

6. 矩形波交流弧焊电源

可采用半导体控制技术来获得矩形波。矩形波交流电弧稳定性好，可调参数多，功率因数高。除了用于交流钨极氩弧焊来焊接铝及铝合金材料外，还可用于埋弧焊，甚至可代替直流弧焊电源用于碱性焊条电弧焊。

三、弧焊电源的发展

电弧是 18 世纪初被发现的，随着电力工业迅速发展，电能可大量供应且成本较低后，用电弧来焊接金属材料才成为现实，弧焊电源因此有了很大发展。

20 世纪初，除弧焊发电机外，交流弧焊变压器出现，20 世纪 40 年代出现用硒片制成的弧焊整流器，20 世纪 60 年代硅弧焊整流器、晶闸管弧焊整流器相继问世，20 世纪 70 年代以来，成功研制了脉冲弧焊电源、矩形波交流弧焊电源等。特别是电子控制型的逆变式焊接电源具有高效、节能、重量轻、体积小、易于控制外特性、动特性好等优点，自 20 世纪 70 年代末问世以来已有很大发展。

随着电子和功率器件的发展，电子控制型弧焊电源代表着弧焊电源今后的主要发展方向，它将在以下方面有所发展。

① 用晶闸管弧焊整流器代替（直流）弧焊发电机、磁放大器式弧焊整流器，也可部分代替动铁式、动圈式弧焊整流器。随着逆变式焊接电源的发展和完善，晶闸管弧焊整流器也有被淘汰的趋势。

② 加速对高效节能、轻量化及控制调节性能好的逆变式焊接电源的研制并扩大生产规模。

③ 发展矩形波交流弧焊电源，以代替正弦波弧焊变压器，解决铝、镁及其合金的焊接工艺需要，并可部分代替直流弧焊电源的使用。

④ 进一步发展精密控制的晶体管式、场效应管式、绝缘栅双极型晶体管式（IGBT）弧焊电源，配以微机控制，并采用模糊、人工神经网络等控制技术，使其智能化，以适应弧焊机器人、全位置自动化焊接和高质量、高精度焊接技术的需要。

⑤ 改革电子控制型弧焊电源的制造工艺，逐步采用模块化的组装结构以提高其工作可靠性、稳定性，减少维修工作量。

四、本课程的性质和教学目标

本课程是焊接专业的一门专业主干课程，任务是使学生具备弧焊电源与设备的基础知识和基本技能，为今后从事焊接专业工作打下基础。

本课程包括弧焊变压器、弧焊发电机、弧焊整流器及典型电源、新型电源与设备的特性、基本结构、型号及其在焊接中的应用等内容，是理论性和实践性较强的专业课程。

本课程的知识教学目标是：

① 掌握弧焊电源的基本特性；

② 掌握弧焊设备的组成及各部分的作用。

能力培养目标是：

① 具有初步选择弧焊电源及配套设备的能力；

② 具有对弧焊电源工艺参数调节的能力；

③ 初步具备对弧焊设备安装、调试和维护的能力。

第一章　焊接电弧基础知识

本章主要讲述焊接电弧的物理本质、结构和特性，交流电弧，焊接电弧对弧焊电源的要求等内容。通过本章的学习，要求掌握影响交流电弧稳定燃烧的因素和提高交流电弧燃烧的措施；理解焊接电弧产生的条件，焊接电弧的电特性、热特性、力学特性，交流电弧燃烧的条件；了解焊接电弧的种类，焊接电弧的引燃方式，焊接电弧的结构，交流电弧的特点。

第一节　焊接电弧物理本质

焊接电弧是由焊接电源供给的、具有一定电压的两电极间或电极与母材金属间的气体介质中产生的强烈而持久的放电现象，如图 1-1 所示。焊接电弧是气体放电的一种形式，和其他气体放电的区别在于它的阴极压降低、电流密度大。气体的电离和发射是电弧中最基本的物理现象。焊接电弧是所有电弧焊工艺的热源，利用电弧将电能转换成热能与机械能而用于焊接。焊接电弧对熔滴过渡、焊缝成形等有很大的影响。

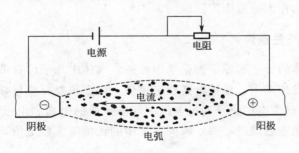

图 1-1　电弧导电示意图

一、气体放电的概念

一般情况下气体不含带电粒子，只含中性分子或原子，它们可以自由移动，但不会受电场的作用而定向运动，所以不会导电。要使两电极之间的气体出现导电现象，就必须使两个电极之间形成大量可自由移动的带电粒子，在电场的作用下产生定向移动。

气体导电时，其导电部分（即电弧）的电流与电压之间的关系并不遵循欧姆定律，而是一个很复杂的关系，如图 1-2 所示。气体导电按导电区和导电条件的不同，分为两种不同的放电形式。

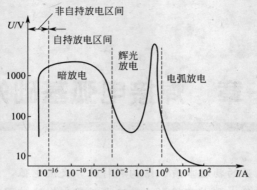

图 1-2　气体的伏安特性

1. 非自持放电

在电流较小的区间，气体导电所需的带电粒子不能通过导电过程本身产生，而需要外加措施来获得带电粒子，当外加措施撤除，放电即停止，这种气体导电的现象称为非自持放电。

2. 自持放电

当电流大于一定数值时，气体导电过程本身可以产生维持导电所需的带电粒子，这种放电形式只在放电开始时需要外加措施来获得带电粒子，一旦放电开始，撤除外加措施，放电过程仍可持续，依靠放电过程自身能够产生维持放电所需要的带电粒子，这种气体导电的现象称为自持放电。

放电机构、电流数值不同，自持放电的放电特性也有显著的差异，可分为暗放电、辉光放电和电弧放电三种形式。电弧放电具有电压低、电流大、温度高、发光强等特点，因此，电弧在焊接技术领域中作为热源而广泛应用。

二、焊接电弧的产生条件

一般情况下，气体的分子和原子都是呈中性的，气体中几乎没有带电粒子，因此气体不能导电，电弧不能自发地产生。要使电弧稳定燃烧，就必须要有参与导电的带电粒子（主要是电子和正离子）。这些带电粒子是通过电弧中气体介质的电离和电极的电子发射两个物理过程而产生的。电弧稳定燃烧时，每一瞬间电弧中的正负电荷数是相等的，焊接电弧对外呈电中性。

1. 气体的激发和电离

（1）激发　气体和自然界的一切物质一样，其电子按一定的轨道环绕原子核运动，在常态下原子（或分子）呈中性。当中性气体粒子受到外加能量的作用，但不足以使电子完全脱离原子或分子时，电子会从较低的能级跃迁到较高的能级，使中性粒子处于一种不稳定的状态，这种现象称为激发。

（2）电离　在一定的条件下，气体原子中的电子从外界获得足够的能量，就能摆脱原子核的吸引而成为自由电子，同时原子由于失去电子而成为正离子。这种在外加能量作用下，中性气体分子或原子分离成正离子和电子的现象称为电离。使中性气体粒子失去一个电子所需要的最低外加能量称为电离能。电离能通常以电子伏特（eV）为单位。为了便于计算，常把以电子伏特为单位的能量转换成数值上相等的电离电压来表示。不同的气体或元素，由于原子构造不同，其电离电压不同。当其他条件一定时，气体电离电压的大小反映了带电粒子产生的难易程度。电离电压高，表示气体难电离，也就是难导电；电离电压低，表示气体易电离，导电也容易。常用元素的电离电压见表1-1。

表 1-1　常用元素的电离电压

元素	K	Na	Ba	Ca	Ti	Mn
电离电压/V	4.34	5.14	5.21	6.11	6.82	7.43
元素	Fe	H	O	N	Ar	He
电离电压/V	7.87	13.60	18.62	14.53	15.76	24.59

在焊接电弧中，根据引起电离的能量来源不同，气体有以下三种电离形式。

① 热电离。在高温条件下气体粒子受热的作用产生的电离，称为热电离。在热能作用下，具有高动能的气体粒子在无规则运动中发生相互碰撞，如果粒子的动能足够大，就会引起气体粒子的激发或电离。温度越高，热电离越大。

② 电场作用电离。在电场的作用下，带电粒子做定向运动，电能转换为带电粒子的动能。在电场中被加速的带电粒子与原子或分子相碰撞而产生电离，这种电离称为电场作用电离。两电极间的电压越高，电场越大，则电离作用越强烈。

③ 光电离。中性粒子吸收了光辐射的能量而产生的电离称为光电离。只有波长较小、能量强的光辐射才能对部分金属的金属蒸气直接引起光电离，而对其他气体则不能直接引起光电离，所以光电离是产生带电粒子的次要途径。

2. 阴极电子发射

一般情况下，电子是不能自由离开金属表面向外发射的，要使电子逸出电极金属表面而产生电子发射，就必须加给电子一定的能量，使它克服金属内部正电荷对它的静电引力。所加的能量越大，促使阴极产生的电子发射就越强烈。这种阴极表面在一定外加能量作用下，其内部自由电子能冲破电极表面的约束而逸出的现象称为阴极电子发射。

使一个电子从导体表面逸出所需要的最低外加能量称为逸出功。因电子电量 e 是一常数，所以逸出功单位通常是用伏特（V）来表示。逸出功不仅与元素种类有关（见表1-2），也与物质表面状态有很大的关系。表面有氧化物或其他杂质时均可显著减小逸出功（见表1-3）。例如，钨极上含有钍或铈的氧化物时，其电子发射能力明显提高。

表 1-2　几种常见元素的逸出功

元素	Li	C	Mg	Al	K	Ca
逸出功/V	2.1~2.9	2.5~4.7	3.1~3.7	3.8~4.3	1.8~2.5	2.2~3.2
元素	Ti	Fe	Mn	Cu	W	
逸出功/V	3.8~4.5	3.5~4.0	3.8~4.4	1.1~1.7	4.3~5.3	

表 1-3　几种复合电极材料的逸出功

物质	氧化钙涂层	氧化锶涂层	氧化钡涂层	钨加钡	钨加锆	钨加钍	钨加铈
逸出功/V	1.77	1.27	0.99	1.56	3.14	2.63	1.36

按其能量来源不同，阴极电子发射有以下四种形式。

（1）热发射 电极表面受热达到很高温度后，电极表面的电子获得足够的能量而逸出的过程称热发射。

（2）电场发射 当阴极表面附近有强电场存在，电子在电场静电库仑力的作用下，从阴极表面发射出来的过程称电场发射。

（3）光发射 阴极表面接受光射线的能量而释放出自由电子的现象称为光发射。

（4）粒子碰撞发射 运动速度较高、能量大的重粒子（如正离子）撞击阴极表面，将能量传递给阴极而产生的电子发射称为粒子碰撞发射。

阴极所用的材料不同，其主要的发射形式也不同。例如，电极为高熔点的材料（如钨、碳等）时，由于它们可以被加热到很高的温度（表面温度可达到3500K以上），使电子获得足够能量而进行强烈的热发射。而在非接触引弧或电极为低熔点材料（如铜、铝等）时，电场发射在焊接电弧中起着主要的作用。光发射和粒子碰撞发射在焊接电弧中占次要地位。

3. 电弧中的其他物理过程

电弧导电是个复杂的过程，电弧中不仅存在气体粒子激发、电离和阴极电子发射现象，同时还存在扩散、复合和负离子的产生等过程。它们对电弧的导电过程也存在一定的影响。

（1）负离子的产生 在一定条件下，某些中性原子或分子能与电子结合形成负离子，如果大量的电子被中性粒子夺去形成大量的负离子，会引起电弧导电困难，从而使电弧稳定性下降。负离子虽然带的电荷量与电子相同，但它的质量比电子大得多，因此运动速度低，不能有效地负担传送电荷的任务，导致电弧稳定性下降。

（2）带电粒子的扩散 电弧中带电粒子从密度高的地方向密度低的地方移动而趋向均匀的现象称为扩散。

（3）带电粒子的复合 电弧空间的正负带电粒子（正离子、负离子和电子），在一定的条件下相遇而结合成中性粒子的过程称为复合。

综上所述，焊接电弧是气体放电的一种形式。焊接电弧的形成和维持是在电场、热、光和质点动能作用下，气体原子不断被激发、电离以及电子发射的结果。引燃焊接电弧的能量来源是电场及电场产生的热、光和动能，而这个电场是由弧焊电源提供的空载电压产生的。

三、焊接电弧的种类及特点

焊接电弧的性质与供电电源的种类、电弧的状态、电弧周围的介质以及电极材料有关，按照不同的方法，可分类如下。

按电流种类：可分为交流电弧、直流电弧和脉冲电弧。

按电弧状态：可分为自由电弧和压缩电弧。

按电极材料：可分为熔化极电弧和非熔化极电弧。

下面除对自由电弧中的非熔化极电弧和熔化极电弧的特点进行重点说明外，还将简单介绍压缩电弧及脉冲电弧的特点。至于广泛应用的自由电弧中的交、直流电弧的电特性及特点将在以后的章节中讨论。

1. 自由电弧

（1）非熔化极电弧 电极本身在焊接过程中不熔化，没有金属熔滴过渡，通常都采用惰性气体（如氩气、氦气等）作为保护气体。因氦气价格昂贵，在我国大多数情况下都采用氩气保护。电极多采用钨极或钨极掺有少量稀土金属，如钍和铈，这种电弧称为钨极氩弧。

（2）熔化极电弧　焊丝（条）作为电弧一个电极，在焊接电弧燃烧过程中不断熔化并过渡到焊接熔池中去。熔化极电弧根据电弧是否可见又分为明弧和埋弧两大类。

明弧的电极也有两种，一种是在金属丝表面敷有药皮，即焊条。由于药皮中含有大量的稳弧剂，所以这种明弧很稳定。另一种是采用光焊丝，在这种情况下，一般都要采用保护气体，保护气体可以是惰性气体，如氩气等，也可以是活性气体，如 CO_2、$CO_2 + Ar$、$O_2 + Ar$、$CO_2 + O_2 + Ar$ 等。近年来，由于冶金技术的发展，也有在焊丝中掺入起保护作用的合金元素，而不必采用保护气体，这种电弧又称为自保护电弧。采用药芯焊丝焊的电弧也属此类。

埋弧是埋弧焊方法产生的电弧。它采用的是光焊丝，但在焊接过程中要不断地往电弧周围送给颗粒状焊剂或焊药，电弧在焊剂中燃烧，或者说电弧被埋在焊剂下。因为焊剂中也含有稳弧元素，所以电弧燃烧也很稳定。

因为熔化极在焊接过程中不断地熔化并过渡到焊缝中去，故电极需要连续地向电弧区送进，以维持弧长基本上不变。除焊条是靠手工送进之外，所有采用光焊丝或药芯焊丝的焊接方法都是利用送丝机构自动地向电弧区送进的。对于熔化极电弧，电极在熔化过程中形成的熔滴有大有小，不同情况下选用的弧长也有差异。其中有些方法，如焊条电弧焊、CO_2 气体保护（短弧）焊，电弧经常被熔滴短路。这样，就必然有个重新引燃电弧的问题，因此有熔滴短路时往往使电弧变得不稳定，而需要对弧焊电源的动特性提出更高的要求。

2. 压缩电弧

把自由电弧的弧柱强迫压缩，就获得一种比一般电弧温度更高、能量更集中的热源，即压缩电弧。等离子就是一种典型的压缩电弧。它利用等离子焊炬，靠热收缩、电磁收缩和机械压缩效应，将阴极（如钨极）和阳极之间的自由电弧压缩成高温、高电离及高能量密度的电弧。

等离子弧的主要特点如下。

① 温度和能量密度高。普通钨极氩弧的最高温度为 $10000 \sim 24000K$，能量密度小于 $104W/cm^2$。等离子弧温度可达 $24000 \sim 50000K$，能量密度可达 $105 \sim 106W/cm^2$ 以上。

② 等离子流速可达 $300m/s$ 以上。

3. 脉冲电弧

电流为脉冲波形的电弧，称为脉冲电弧。其与一般电弧的区别在于电弧电流周期性地从基本电流（维弧电流）幅值增至脉冲电流幅值，可以把它看成为由维持电弧与脉冲电弧两种电弧组成，如图 1-3 所示。维持电弧（或称基本电弧）用于在脉冲休止期间来维持电弧的连续燃烧；脉冲电弧用于加热熔化工件和焊丝，并使熔滴从焊丝脱落并向工件过渡。

脉冲电弧应用在焊接中，对于薄板、全位置、单面焊双面成形和高合金钢等的焊接中有其独特的优越性。

四、焊接电弧的引燃

焊接电弧的引燃一般有两种方式：接触引弧和非接触引弧。

1. 接触引弧

弧焊电源接通后，电极（焊条或焊丝）与工件接触，使焊接回路短路，接着迅速将电极提起约 $2 \sim 4mm$，使电弧引燃，这种引弧方式称为接触引弧。它是一种最常用的引弧方式，焊条电弧焊和熔化极气体保护焊都采用这种引弧方式。

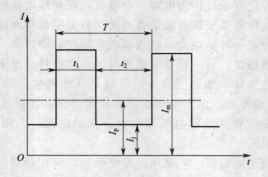

图 1-3 脉冲电弧及其主要参数

I_m—脉冲电流峰值；I_j—基本电流；I_p—脉冲平均电流；t_1—脉冲宽度（脉冲时间）；

t_2—脉冲间隙时间（脉冲休止时间）；T—脉冲周期

当电极与工件接触短路时，由于电极和工件表面都不是绝对平整的，只是在少数凸起的点上接触（见图 1-4）。通过这些接触点的短路电流比正常的焊接电流要大得多，而接触点的面积又相当小，因此电流密度极大，产生大量的电阻热，使电极表面发热、熔化，甚至蒸发、气化，引起相当强烈的热发射和热电离。随后在拉开电极瞬间，电弧间隙极小，电源电压作用在此小间隙上，使其电场强度达到很大数值（106V/cm），即使在室温下也能产生明显的自发射。同时，在强电场的作用下，又使已产生的带电粒子被加速、互相碰撞，引起碰撞电离。随着温度的增加，光电离和热电离也进一步加强。在上述各因素的共同作用下，引燃电弧。电弧引燃后，电离和复合处于动平衡状态。

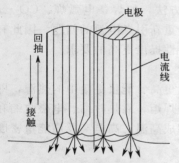

图 1-4 接触引弧示意图

在接触引弧中，电极与工件短路接触的方式有两种：碰击法和擦划法。焊接电弧引燃顺利与否，还与以下几个因素有关：焊接电流强度、电弧中的电离物质、电源的空载电压及其特性等。如果焊接电流大，电弧中又存在容易电离的元素，或电源的空载电压高时，则电弧的引燃就容易。

2. 非接触引弧

非接触引弧指在引弧时，电极与工件之间保持一定间隙，然后在电极和工件之间施以高电压击穿间隙使电弧引燃。这是一种依靠高压电使电极表面产生电场发射来引燃电弧的方法。

这种引弧方式主要应用于钨极氩弧焊和等离子弧焊。由于引弧时电极不需和工件接触，故不会污染工件上的引弧点，也不会损坏电极端部的几何形状，有利于电弧的稳定燃烧。

第二节 焊接电弧的结构和特性

直流电弧和交流电弧是焊接电弧的两种最基本的形式。为了便于研究，首先从直流焊接电弧（以下简称为焊接电弧）入手讨论。

一、焊接电弧的结构

在两电极间产生电弧放电时，在电弧长度方向电场强度的分布是不均匀的。电弧结构和压降分布如图 1-5 所示。

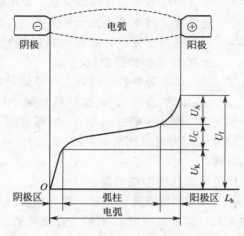

图 1-5　电弧结构和压降分布示意

由图 1-5 可以看出，在阴极和阳极附近很小的区域里电压变化比较大，中间部分电压变化小，而且比较均匀。由此可以把整个电弧分成三个区域。

① 靠近阴极附近电压变化较大的区域称为阴极区，其电压降用阴极压降 U_K 表示，阴极区在电弧长度方向的尺寸约为 $10^{-5} \sim 10^{-6}$ cm。

② 靠近阳极附近电压变化较大的区域称为阳极区，其电压降用阳极压降 U_A 表示，阳极区在电弧长度方向的尺寸约为 $10^{-2} \sim 10^{-3}$ cm。

③ 电弧中间的区域称为弧柱区，其电压降用弧柱压降 U_C 表示。

因此电弧总的电弧电压 U_f 是这三部分压降之和，即

$$U_f = U_K + U_A + U_C \tag{1-1}$$

阴极区和阳极区在电弧在长度方向上的尺寸均很小，弧柱区的长度占电弧长度的绝大部分，可以认为电弧的长度即为弧柱区的长度。在一定条件下，阳极压降 U_A 与阴极压降 U_K 基本上不变，可视为常数，而弧柱压降 U_C 则与弧柱长度成正比，弧长不同，电弧电压也不同。因此，式(1-1) 可用下面经验公式表示

$$U_f = a + bL \tag{1-2}$$

式中　　a——阴极压降和阳极压降之和，可视为常数，V；

　　　　b——单位长度上的弧柱压降，V/mm；

　　　　L——弧柱长度，mm，近似等于弧长。

二、焊接电弧的特性

焊接电弧的特性包括电特性、热特性及力学特性。

1. 焊接电弧的电特性

焊接电弧的电特性是指它的伏安特性，即焊接电弧的静特性与动特性。

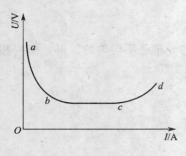

图 1-6 电弧的静特性曲线

（1）电弧静特性 电极材料、气体介质和弧长一定的情况下，电弧稳定燃烧时焊接电流与电弧电压之间的函数关系，称为电弧的静特性。表示它们之间关系的曲线称为电弧的静特性曲线，如图 1-6 所示。

焊接电弧是非线性负载，即电弧两端的电压与通过电弧的电流之间不是成正比例关系的。当电弧电流从小到大在很大范围内变化时，焊接电弧的静特性曲线近似呈 U 形，故也称 U 形静特性曲线。

U 形静特性曲线有三个不同的区域：当电流较小时（图 1-6 中的 ab 区），电弧静特性属下降特性区，即随着电流增加，电弧电压减小；当电流稍大时（图 1-6 中的 bc 区），电弧静特性属平特性区，即电弧电压不随电流的变化而变化；当电流较大时（图 1-6 中的 cd 区），电弧静特性属上升特性区，即电弧电压随电流的增加而升高。

下面研究电弧静特性曲线各段形状的形成机理。

由式（1-1）可知，电弧电压等于阴极压降、阳极压降和弧柱压降之和。因此，只要弄清楚每个区段的压降与电流的关系，就可以理解 U 形静特性曲线的形成机理。

在阳极区，阳极压降 U_A 与电流无关，$U_A = f(I_f)$ 为一水平线，如图1-7中的 U_A 曲线。

在阴极区，当焊接电流 I_f 较小时，阴极斑点（在阴极上电流密度高的光点）的面积 S_K 小于电极端部的面积。这时 S_K 随着焊接电流 I_f 的增加而增大，阴极斑点上的电流密度 $J_K = I_f / S_K$ 基本不变，即阴极电场强度不变，因而阴极压降 U_K 也不变。此时 $U_K = f(I_f)$ 为一水平线。当阴极斑点面积与电极端部面积相等时，I_f 继续增大，但 S_K 不能再增加，此时电流密度 J_K 随着 I_f 的增大而增大，从而引起 U_K 增大，以加强阴极的电子发射。因此，U_K 随着 I_f 的增大而上升，如图 1-7 中的 U_K 曲线。

在弧柱区，可以把弧柱看成是一个个近似均匀的导体。其电压降可用下式来表示。

$$U_C = I_f R_C = I_f \frac{l_C}{S_C \gamma_C} = J_C \frac{l_C}{\gamma_C} \qquad (1-3)$$

式中　R_C——弧柱电阻；

l_C——弧柱长度；

S_C——弧柱截面积；

γ_C——弧柱电导率；

J_C——弧柱电流密度。

可见，当弧柱长度 l_C 一定时，U_C 与 J_C 和 γ_C 有关。可把 U_C 与 I_f 的关系分为三段来分析，如图 1-7 中的 U_C 曲线。

① ab 段：因为电弧电流 I_f 较小，弧柱截面积 S_C 随着电流 I_f 的增加而扩大，而且 S_C 扩大速度较快，使 $J_C = I_f / S_C$ 减少。同时，I_f 增加使弧柱的温度和电离度均增高，因而 γ_C 增大，由式（1-3）可见，J_C 减少和 γ_C 增大，都会使 U_C 下降，所以 ab 段为下降形状。

② bc 段：电弧电流稍大时，S_C 随 I_f 成正比例增大，J_C 基本不变；而且 γ_C 也不再随温度增加而改变，故 U_C 约为一常数，所以 bc 段为水平形状。

③ cd 段：电弧电流很大时，S_C 不能再随着 I_f 的增加而扩大了，J_C 随着 I_f 的增加而增加；γ_C 仍基本不变，所以 U_C 随 I_f 的增加而上升，故 cd 段为上升形状。

综上所述，把 U_K、U_A 和 U_C 曲线叠加起来，即得到 U 形静特性曲线，如图 1-7 中 U_f 曲线。

对于不同的电弧焊方法，它们的电弧静特性曲线是不同的，而且其正常使用范围只是曲线的某一区域。焊条电弧焊由于使用电流受到限制（焊条电弧焊设备的额定电流值不大于 500A），故其静特性曲线无上升特性区；埋弧焊在正常电流密度下焊接时，其静特性为平特性区，采用大电流密度焊接时，其静特性为上升特性区；钨极氩弧焊一般在小电流区间焊接时，其静特性为下降特性区，在大电流区间焊接时，静特性为平特性区；细丝熔化极气体保护电弧焊由于电流密度较大，所以其静特性曲线为上升特性区。

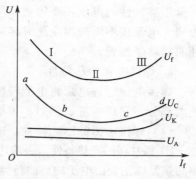

图 1-7　电弧各区域压降与电流的关系

由式(1-2) 可知，电弧长度增加时，电弧电压将增加，电弧静特性曲线将上移，如图 1-8 所示。

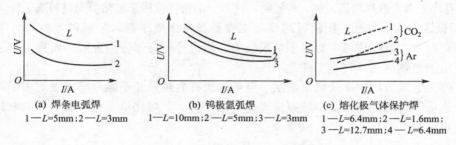

(a) 焊条电弧焊
1—L=5mm；2—L=3mm

(b) 钨极氩弧焊
1—L=10mm；2—L=5mm；3—L=3mm

(c) 熔化极气体保护焊
1—L=6.4mm；2—L=1.6mm；3—L=12.7mm；4—L=6.4mm

图 1-8　弧长对电弧静特性的影响

（2）电弧的动特性　上面讨论的电弧静特性是在稳定状态下得到的。在实际焊接过程中，由于受到某些因素的影响（如熔滴过渡），电弧电压与电弧电流都在高速变化，使电弧达不到稳定状态。

焊接电弧的动特性，是指在一定的弧长下，当电弧电流连续快速变化时，电弧电压和电流瞬时值之间的关系。它反映了电弧导电性对电流变化的响应能力。图 1-9 中实线 $abcd$ 是某一弧长下的电弧静特性曲线。如果图中的电流由 a 点以很快的速度连续增加到 d 点，则随着电流增加，使电弧空间的温度升高。但是，温度变化速度比电流变化速度慢许多，这种现象称为热惯性。当电流增加到 i_b，由于热惯性关系，电弧空间温度还没达到 i_b 时稳定状态的温度。由于电弧空间温度低，弧柱导电性差，阴极斑点与弧柱截面积增加较慢，维持电弧燃烧的电压不能降至 b 点，而只能降到 b' 点。依此类推，对应于每一瞬间电弧电流的电弧电压就不在 $abcd$ 实线上，而是在 $ab'c'd$ 虚线上。这就是说，在电流增加的过程中，动特性曲线上的电弧电压比静特性曲线上的电弧电压值高。反之，当电弧电流由 i_d 迅速减小到 i_a 时，同样由于热惯性的影响，电弧空间温度来不及下降，因此，对应每一瞬时电弧电流的电压

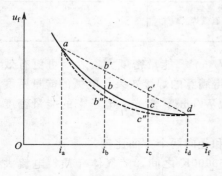

图 1-9　电弧的动特性曲线

将低于静特性的电压，而得到 $ab''c''d$ 曲线。图中的 $ab'c'd$ 和 $dc''b''a$ 虚线即为电弧的动特性曲线。电流按不同规律变化时将得到不同形状的动特性曲线。电流变化速度越小，静、动特性曲线就越接近。

2. 焊接电弧的热特性

焊接电源通过电弧将电能转换为热能、机械能、光能、磁能等，其中，热能占总能量的绝大部分，它以对流、辐射、传导的方式传送给周围的介质。

（1）焊接电弧的产热特性 电弧三个区域的导电特性不同，因而产热特性也有所不同。

① 弧柱区的产热特性。由前述可知，弧柱中的导电任务绝大部分由电子来承担，所以以弧柱中的热量也主要由电子的动能转换而来。在实际焊接中，为了增加弧柱的产热量，从而获得能量更集中、温度更高的电弧，往往采取措施使弧柱强迫冷却、电弧断面减小。普通的电弧焊，其弧柱部分的热量只有很少一部分传给填充材料和工件，大部分则通过对流等形式损失掉了。

② 阴极区的产热特性。阴极区与弧柱区相比，长度短，且直接靠近电极或工件（由接线方法决定），因此阴极区产生的热量对电极或工件的影响更直接。阴极区的热量主要是正离子碰撞阴极时，由正离子的动能和它与电子复合时释放的位能转化而来。所产热量主要用于对阴极的加热，另外有部分因为散热而损失掉。焊接时，这部分能量可被用来加热填充材料或工件。

③ 阳极区的产热特性。阳极区的热量主要是当自由电子撞入阳极时，由自由电子动能和位能转化而来。所产热量主要用于对阳极的加热，另外有部分因为散热而损失掉。在焊接过程中可用于加热填充材料或工件。

（2）焊接电弧的热效率及能量密度 电弧中所有的热量并不能全部有效地用于焊接，其中一部分热量因对流、辐射及传导等损失掉。用于加热、熔化填充材料或工件的电弧热功率称为有效热功率

$$P' = \eta P \tag{1-4}$$

式中 P'——有效热功率；

η——有效热功率系数；

P——电弧热功率，$P = I_f U_f$。

有效热功率系数 η 受焊接方法、焊接工艺参数、周围条件等因素的影响。表 1-4 列出了常用焊接方法的有效热功率系数。对于同一焊接方法，当其他条件不变时，η 随电弧电压 U_f 的升高而降低。因为电弧电压升高，弧长增加，通过对流、辐射等损失的弧柱热量增加。

表 1-4　各种电弧焊方法的有效热功率系数

焊接方法	η	焊接方法	η
焊条电弧焊	0.65～0.85	熔化极氩弧焊	0.70～0.80
埋弧焊	0.80～0.90	钨极氩弧焊	0.65～0.70
CO_2 焊	0.75～0.90		

单位面积上的有效热功率称为能量密度，单位为 W/cm^2。能量密度大，表示可更有效地将热源的有效功率用于熔化金属并减小热影响区，获得满意的焊接效果。电弧的能量密度一般为 $10^2 \sim 10^4 \, W/cm^2$，气焊火焰的能量密度为 $1 \sim 10^4 \, W/cm^2$，激光、电子束的能量密度目前已达到 $10^6 \sim 10^7 \, W/cm^2$。

（3）电弧的温度分布 电弧温度分布特点可从轴向和径向两个方面比较。

从轴向来说，弧柱区的温度很高，大约在 $5000 \sim 50000K$ 之间，随气体介质、电流大小、周围冷却条件等而异。阳极区、阴极区的温度却受阳极材料和阴极材料的导热性能及其

熔点和沸点的限制，一般都较低，温度一般低于电极材料的沸点，阴极、阳极的温度则根据焊接方法的不同而有差异。各种焊接方法的阴极与阳极的温度比较见表1-5。因此，电弧轴向的温度分布为两极低而中间高。

从径向来说，弧柱轴线上的温度最高，沿径向由中心至周围温度逐渐降低。

表1-5　各种焊接方法的阴极与阳极的温度比较

焊接方法	焊条电弧焊[①]	钨极氩弧焊	熔化极氩弧焊	CO_2 气体保护焊	埋弧焊
温度比较	阴极温度＜阳极温度			阴极温度＞阳极温度	

① 这里指的是酸性焊条，若为碱性焊条，则相反。

3. 焊接电弧的力学特性

电弧在燃烧过程中不仅产生大量的热能，而且还会产生一些机械力，这些机械力称为电弧力。它对焊缝的熔深、熔滴过渡、熔池搅拌、焊缝成形及金属飞溅均产生很大的影响。

（1）电弧力的种类及作用

① 电磁收缩力。由电工学可知，在两个相距不远的平行导体通过同方向电流时，将产生相互吸引力，这个力称为电磁力。同理，在电弧中通过电流时，可以把这个电流看成是由许多靠近的平行同向电流线组成，则它们之间将产生相互吸引力。电弧截面是可变形的，电弧将会产生收缩。这种现象称为电磁收缩效应，产生此效应的力称为电磁收缩力。电磁收缩力能促使熔滴过渡，使弧柱能量更集中，电弧更具刚直性。同时也对熔池产生搅拌作用，有利于细化晶粒、排出气孔及熔渣，使焊缝质量得到改善。

② 等离子流力。在电磁收缩力的作用下，高温气体不断地由电极流向工件，电弧周围的气体不断地从电极旁进行补充，然后再流向工件。这样气体不断地循环流动，就对熔池形成动压力，这种力称为等离子流力。它可增大电弧的刚直性，在熔化极电弧焊时促进熔滴轴向过渡，增大熔深和对熔池的搅拌作用。

③ 斑点压力。当电极上形成斑点时，电弧电流将大部分从斑点处流入流出，由于带电粒子的撞击或金属蒸发的反作用而对电极斑点产生的压力，称为斑点压力。斑点压力的方向总是与熔滴过渡方向相反，阻碍熔滴过渡。当斑点压力太大时，可能造成较大的焊接飞溅。

④ 短路爆破力。电弧从燃烧状态过渡到短路状态，电弧电流迅速上升，熔滴温度急剧升高，使液柱汽化爆断，产生较大的冲击力，导致飞溅产生。焊接中应设法减小这种力。

⑤ 细熔滴的冲击力。当采用较大电流进行熔化极氩弧焊时，焊丝的熔化金属在等离子流力的作用下，以很小的体积及很高的加速度沿电极轴线冲向熔池，对熔池金属形成很大的压力，使焊缝极易形成指状熔深。

（2）电弧力的影响因素　影响电弧力的因素很多，归纳起来主要有以下几种。

① 气体介质。其影响主要反映在气体介质的热物理性质上。当气体介质是多原子、分子气体或者热导率比较大时，对电弧的冷却能力增加，迫使电弧收缩，使电弧力增加。气体流量或电弧空间气体压力的增加，也会引起电弧收缩使电弧收缩力增加，同时斑点压力也加大，这将阻止熔滴过渡。

② 电流和电压。电流增大，电磁收缩力和等离子流力增加，所以电弧力增大。电流一定时，电弧电压增加，意味着弧长增加，电弧的飘摆性增加，引起电弧力降低。

③ 焊条（丝）的直径。焊条（丝）的直径越细，电流密度越大，电磁力越大，则电弧力越大。

第三节　交流电弧

上一节所分析的虽然是直流电弧，但其结论也适用于交流电弧。但交流电弧作为弧焊电源的负载，还有它的特殊性。下面先研究交流电弧的特点。

一、交流电弧的特点

交流电弧的引燃、燃烧，就其物理本质而言和直流电弧是相同的，同时它的电阻也是非线性的，也具有直流电弧那样的伏安特性。这时的 U_f 和 I_f 分别表示电弧电压和焊接电流的有效值。但是，交流电弧一般是由 50Hz 按正弦规律变化的电源供电，每秒内电弧电流 100 次过零点，即电弧熄灭和引燃过程每秒出现 100 次，使交流电弧放电的物理条件也随之改变，有其特殊的电和热的物理过程。这对电弧的稳定燃烧和弧焊电源的工作有非常大的影响。

交流电弧有以下特点。

1. 电弧周期性地熄灭和引燃

交流电流每当经过零点并改变极性时电弧熄灭，电弧空间温度下降，这就降低了电弧空间的导电能力，使下半波电弧重新引燃更加困难。只有当电源电压 U 增大到大于再引燃电压 U_r 后，电弧才有可能被再次重新引燃（见图 1-11）。上半波电弧熄灭到下半波电弧重新引燃的这段时间越长，温度下降越严重，将使 U_r 增大，电弧越不稳定。当 U_r 大于电源电压最大值时，电弧就不能被重新引燃。

2. 电弧电压和电流的波形发生畸变

由于电弧电压和电流是交变的，电弧空间和电极表面的温度也将随之变化，因而电弧电阻不是常数，也将随电弧电流 I_f 的变化而变化。这样，当电源电压 U 按正弦规律变化时，电弧电压 U_f 和电流 I_f 则不按正弦规律变化，而发生了畸变。电弧越不稳定（U_r 越大，熄弧时间越长），电流波形畸变就越明显，即与正弦曲线的差别就越大。

3. 热惯性作用较为明显

由于 U_f 和 I_f 变化得很快，电及热的变化来不及达到稳定状态，使电弧温度的变化落后于电的变化。这可由交流电弧的动特性曲线表明，如图 1-10 所示。

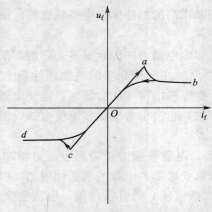

图 1-10　交流电弧的动特性曲线

二、交流电弧连续燃烧的条件

在研究交流电弧连续燃烧的条件之前，先来分析一下两种不同阻抗类型的焊接回路对交流电弧燃烧的影响。

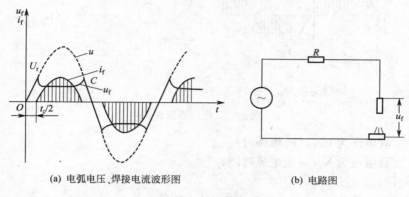

(a) 电弧电压、焊接电流波形图　　　　　　(b) 电路图

图 1-11　电阻性回路

1. 电阻性回路对交流电弧燃烧的影响

如果从弧焊电源输出的回路中，仅有电阻，由于电弧本身也是电阻负载，所以焊接回路是纯电阻回路，此时电弧电压与焊接电流相位相同，如图 1-11 所示。从图 1-11 可以看出，电源电压 u 由零逐渐上升，当电源电压瞬时值达到电弧的再引燃电压 U_r 时，电弧重新引燃，开始产生电弧电压 u_f。电弧一经引燃，电弧电压数值迅速下降到正常燃烧的数值，形成低电压、大电流放电现象。电源按正弦波供电，电源电压由小到大，焊接电流也渐渐增大，电弧电压变化不大。当电源电压下降时，焊接电流也逐渐减小，过 C 点时电源电压低于电弧电压，于是电弧熄灭。C 点所对应的电压称为熄弧电压。电弧熄灭后，电流为零。下半波电源电压上升并达到再引燃电压值时，电弧又重新引燃，如此不断重复形成交流电弧的燃烧过程。可见在电阻性回路中，电弧电流是不连续的，电弧有熄灭时间，由于电弧电流中断了一段时间，电弧空间的热量很快散失，电极温度下降，电弧再引燃电压提高，造成电弧不稳。如果电弧空间气体导热性好，电离势高或电极为冷阴极材料，则其再引燃电压数值更高，有可能导致负半波电弧不能再引燃，造成电弧熄灭，使焊接过程不能正常进行。

2. 电感性回路对交流电弧燃烧的影响

如果从弧焊电源输出的回路中，有足够大的电感，此时电源电压与焊接电流相位不同，焊接电流滞后于电源电压一个相位角，如图 1-12 所示。由图 1-12 可知，当电源电压降至零时，电感仍继续供给焊接电流，电弧电压 u_f 不等于 0，可维持电弧继续燃烧，直到电流为零、电弧熄灭。此时若反向电源电压数值已达到或超过再引燃电压，电弧立即反向引燃，形成反向电流，使电流过零点时，电弧仍能燃烧，从而显著改善了交流电弧燃烧的稳定性。

三、影响交流电弧稳定燃烧的因素和提高电弧稳定性的措施

1. 影响交流电弧稳定燃烧的因素

（1）空载电压 U_0　在同等大小的引弧电压下，空载电压 U_0 愈高，则熄弧时间愈短，电弧愈稳定，如图 1-13 所示。

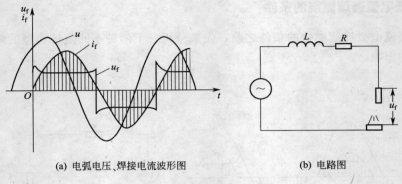

(a) 电弧电压、焊接电流波形图　　　　(b) 电路图

图 1-12　电感性回路

图中　t_x——空载电压为 U_{02} 时的熄弧时间；

　　　t'_x——空载电压为 U_{01} 时的熄弧时间；

　　　U_r——再引燃电压。

在一般条件下，$U_r/U_f=1.3\sim1.5$，相应地 $U_0/U_f=1.5\sim2.4$ 时，电弧才能稳定燃烧。

（2）再引燃电压 U_r　它对电弧是否能连续燃烧影响很大。为了易于满足上述连续燃烧的条件，要设法减小再引燃电压 U_r。

（3）电源频率 f　电源频率 f 提高，即周期缩短，则电弧熄灭时间 t_x 相应缩短，如图 1-14 所示。并且 f 越高，说明电流变化越快，热惯性就越明显，则导致电流过零时 U_r 减小，从而提高了电弧的稳定性。

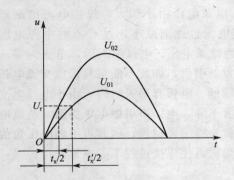

图 1-13　空载电压对熄弧时间的影响

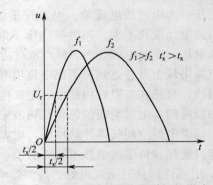

图 1-14　电源频率对熄弧时间的影响

（4）电弧电流 I_f　I_f 越大，则电弧空间热量越多。在频率一定的情况下，电流大说明电流变化率 d_i/d_t 加大，即热惯性增加，这就导致 U_r 降低，电弧的稳定性提高。

（5）电路参数　主电路的电感 L、电阻 R 对电弧连续燃烧也有较大影响。图 1-15 所示的曲线表示 U_0/U_f 与 $\omega L/R$ 和 U_r/U_f 之间的关系。当 $\omega L/R$ 不大时，增大 L 或减小 R，即 $\omega L/R$ 增大时，均可使电弧的稳定性提高。

（6）电极的热物理性能和尺寸　若电极具有较大的热容和热导率，具有较大的尺寸或较低的熔点，就会使电极散热很快，温度升高困难，因而 U_r 较大，降低了电弧的稳定性。

2. 提高交流电弧稳定性的措施

由前述可知，为了提高交流电弧的稳定性，在弧焊电源方面除了焊接回路要有足够大的电感量之外，还可以采用以下措施。

（1）提高电源空载电压 U_0　提高 U_0 能提高交流电弧的稳定性，但空载电压过高会增加材料消耗，降低功率因数，更为重要的是不利于人身安全。因此，提高空载电压是有一定限度的。

（2）提高弧焊电源频率　近几年来，高频率的逆变式焊接电源（又称弧焊逆变器）得到了较为广泛的推广与应用。这种电源的频率可以达到几万甚至十万赫兹。

（3）改善电弧电流的波形　例如采用矩形波交流弧焊电源，这种电源输出的电弧电流波形为矩形，电弧电流过零点时有较大的增长速度，从而可减小电弧熄灭的倾向，稳弧效果良好。其电流波形如图 1-16 所示。

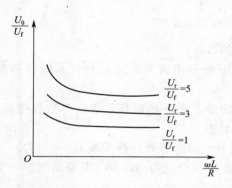

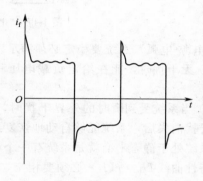

图 1-15　U_0/U_f 与 $\omega L/R$ 和 U_r/U_f 的关系　　　　　图 1-16　矩形波电流波形图

（4）叠加高压电　例如，用钨极交流氩弧焊机焊接铝时，由于铝的热容量和热导率高、熔点低、尺寸大，因而在负极的半周再引燃电弧困难。为此，需在这个半周叠加上高压脉冲或高频高压电，使电弧稳定燃烧，提高焊接质量。

第四节　对弧焊电源的要求

弧焊电源是电弧焊机的核心部分，是用来对焊接电弧提供电能的一种专用设备。它应具有一般电力电源所应具有的特点，即从经济观点出发，要求结构简单轻巧、制造容易、消耗材料少、节省电能、成本低；从使用观点出发，要求使用方便、可靠、安全、性能良好和容易维修等。并且为了满足弧焊工艺对弧焊电源的要求，它还应具有容易引弧、能保证电弧稳定燃烧、焊接规范稳定可调的特点。

本节主要讨论弧焊电源应具有怎样的电气性能，才能保证电弧的稳定燃烧，从而满足弧焊工艺方面的要求。

一、对弧焊电源外特性的要求

弧焊电源的外特性，是指在弧焊电源内部参数不变的情况下改变外部负载，在稳定状态下，其电源输出电压 U_y 与输出电流 I_y 的函数关系。表示它们关系的曲线称为弧焊电源的外特性曲线。对于直流电源，U_y、I_y 表示平均值，对于交流电源，则为有效值。外特性是弧焊电源最重要的特性，它决定电弧是否有稳定的工作点。此外，弧焊电源的空载电压也影响电弧的引燃和燃烧的稳定。

1. "电源-电弧"系统稳定的条件

在电弧焊接过程中，电源起供电作用，电弧作为用电的负载，构成"电源-电弧"系统，如图1-17所示。为了保证焊接电弧稳定和焊接参数稳定，必须保证系统稳定。

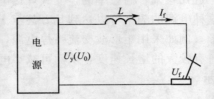

图1-17 "电源-电弧"系统电路示意图

"电源-电弧"系统要稳定必须满足以下两方面的条件：

① 无干扰时，能在给定负载电压和焊接电流下保证电弧的稳定燃烧，系统保持静态平衡。

② 当系统受到瞬时的外界干扰时，系统原有的静态平衡被破坏，焊接参数发生变化，但当干扰消失后，系统能够自动地恢复到稳定平衡状态。

系统处于静态平衡就是系统有一个稳定的工作点，即电源外特性曲线 $U_y = f(I_y)$ 与电弧静特性曲线 $U_f = f(I_f)$ 必须要相交，如图1-18所示，交点为 A_0，A_0 点是系统的一个静态工作点，此时，$U_y = U_f$，$I_y = I_f$。

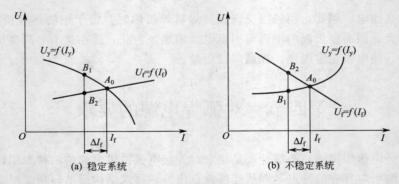

(a) 稳定系统   (b) 不稳定系统

图1-18 "电源-电弧"系统稳定工作点的分析

但在实际焊接过程中，由于操作不稳定、工件表面不平整和电网电压波动等外界干扰因素的出现，都会破坏系统的平衡。

如图1-18(a)所示，如果系统受到干扰后，焊接电流减小了 ΔI_f，电源的工作点移至 B_1，电弧的工作点移至 B_2，此时，$U_{yB1} > U_{fB2}$，即供大于求，这就会使焊接电流增大，直至焊接电流恢复到原来的系统平衡点 A_0。同理，如果系统受到干扰使焊接电流增加，系统也能自动恢复到原来的系统平衡点 A_0。

在图1-18(b)所示的系统中，如果系统受到干扰后，焊接电流减小了 ΔI_f，电源的工作点移至 B_1，电弧的工作点移至 B_2，此时，$U_{yB1} < U_{fB2}$，即供小于求，这就会使焊接电流继续减小，最终将使电弧熄灭。

综上所述，"电源-电弧"系统稳定的条件是：电源外特性曲线 $U_y = f(I_y)$ 与电弧静特

性曲线 $U_f = f(I_f)$ 有交点，并且在交点的左边保证 $U_y > U_f$，而在交点的右边保证 $U_y < U_f$。

上面的结论是从直流焊接电弧与电源系统的条件推导出来的，此稳定条件也同样适合于交流弧焊电源。

2. 弧焊电源外特性曲线形状的合理选择

弧焊电源外特性曲线一般有下降特性和平特性（包括稍有上升特性）两类。如图 1-19 所示，图（a）～图（c）为下降特性；图（d）、图（e）为平特性。根据不同的焊接方法，可选择不同的外特性。

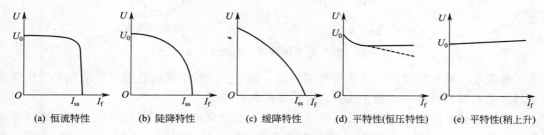

图 1-19　弧焊电源的几种外特性曲线

弧焊电源的外特性形状除了影响"电源-电弧"系统的工作稳定性外，还关系到焊接工艺参数的稳定性，在外界干扰、弧长变化的情况下，将引起系统稳定工作点移动和焊接工艺参数出现静态偏差。为获得良好的焊缝成形，要求这种工艺参数的静态偏差越小越好，亦即要求焊接工艺参数稳定。有时某种形状的弧焊电源外特性可满足"电源-电弧"系统的稳定条件，但却不能保证焊接工艺参数稳定，因此，一定形状的电弧静特性需选择适当形状的弧焊电源外特性与之相配合，才能既满足系统的稳定条件，又能保证焊接工艺参数稳定。

由于在各种弧焊方法中，电弧放电的物理条件和所用的焊接工艺参数不同，使它们的电弧静特性具有不同的形状，因此，需讨论不同弧焊方法对弧焊外特性的要求，并分别以空载点、工作区段和短路区段三个部分来讨论。对于空载点，是讨论空载电压的要求；对于工作区，是分析其形状的要求；对于短路区，是要说明其形状和短路电流的要求。

不同的焊接电弧（弧焊工艺）对弧焊电源外特性工作区段形状的要求如下。

（1）焊条电弧焊　焊条电弧焊工作于电弧静特性曲线的水平段，一般选用具有陡降外特性的弧焊电源。这是因为在焊接过程中，由于工件形状不规则或手工操作技能等因素的影响，电弧长度会发生变化，并引起焊接电流产生偏差。可以推导，电源外特性的陡度越大，在弧长变化时，电流偏差越小，电弧越稳定，电弧弹性也越好。故实际中焊条电弧焊宜采用陡降外特性。另外，为了提高引弧能力、减少飞溅等，短路电流不宜太小，最好采用恒流加带外拖特性的弧焊电源，如图 1-20 所示。

（2）熔化极电弧焊

① 等速送丝控制系统的熔化极弧焊。包括二氧化碳气体保护电弧焊（CO_2 焊）、熔化极氩弧焊（MIG）、含有活性气体的混合气体保护焊（MAG）或细丝（直径小于或等于 $\phi3mm$）的直流埋弧焊，它们的电弧静特性均为上升的。由于它们的电流密度较大，采用平外特性时，电弧的自身调节作用较强，可使焊接工艺参数稳定，故选择平外特性的电源。

② 变速送丝控制系统的熔化极弧焊。包括通常的埋弧焊（焊丝直径大于 3mm）和部分 MIG 焊，它们的电弧静特性是平的，要求下降的外特性。它们利用电弧电压作为反馈量来

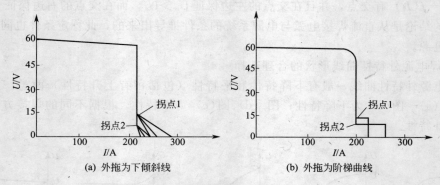

（a）外拖为下倾斜线　　　　　　　（b）外拖为阶梯曲线

图 1-20　电源恒流带外拖特性曲线

调节送丝速度，从而维持焊接工艺参数的稳定。选用较陡的下降外特性，可使弧长发生变化时引起的电流偏差较小，故通常选择较陡的下降外特性。

（3）非熔化极弧焊　包括钨极氩弧焊（TIG）、非熔化极等离子弧焊以及非熔化极脉冲弧焊等，它们的电弧静特性工作部分呈平或略上升的形状。对于这几种焊接工艺，稳定焊接工艺参数主要是指稳定焊接电流，故为满足要求，应采用具有陡降外特性或恒流特性的电源。

（4）熔化极脉冲弧焊　一般采用等速送丝，利用"电源-电弧"系统自身的调节作用来稳定焊接参数，维弧阶段和脉冲阶段分别工作于两条弧焊电源外特性上。为增强"电源-电弧"系统自身的调节作用，一般来说，维弧阶段和脉冲阶段都采用平的外特性（即"平-平"特性）比较好，采用"平-降"特性或"降-平"特性也可以，最好是用双阶梯形外特性，如图 1-21 所示。

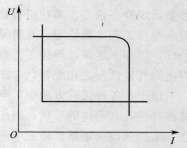

3. 对空载电压和短路电流的要求

如图 1-19 所示，弧焊电源外特性曲线上有两个特殊点，即当电流为零时的空载电压 U_0 和当电极与工件短路时的稳态短路电流 I_{ss}，它们对焊接电弧稳定燃烧有很大影响。因此，也必须对它们提出要求。

图 1-21　双阶梯形外特性曲线

（1）弧焊电源的空载电压 U_0　　U_0 高则容易引弧，对于交流弧焊电源，U_0 高还能保证电弧稳定燃烧。但 U_0 太高，则既不经济，也不利于焊工的人身安全。因此，一般对弧焊电源的空载电压规定如下。

① 对危险工作环境。直流弧焊电源小于 113V；交流弧焊电源小于 68V（峰值）、48V（有效值）。

② 对一般工作环境。直流弧焊电源小于 113V；交流弧焊电源小于 113V（峰值）、80V（有效值）。

③ 对自动焊炬（因为对操作人员无触电危险）。直流弧焊电源小于 141V；交流弧焊电源小于 141V（峰值）、100V（有效值）。

（2）弧焊电源稳态短路电流 I_{ss}　　I_{ss} 应稍大于焊接电流 I_f，这将有利于引弧。但 I_{ss} 太大会增大焊接飞溅。一般情况下规定：

$$1.25 < \frac{I_{ss}}{I_f} < 2 \tag{1-5}$$

二、对弧焊电源调节性能的要求

如上所述，焊接电弧的电流和电压是由电源外特性曲线和电弧静特性曲线的交点所决定的。对应于一定的弧长，与一条外特性曲线的稳定工作点只有一点，即一条电源外特性曲线只能获得一个焊接规范。但焊接时需根据被焊工件的材质、厚度和坡口形式等选用不同的焊接规范。若要调节焊接规范，获得一定范围内所需的焊接电流与电压，就必须要求弧焊电源的外特性曲线的位置可以改变，即弧焊电源调节特性。在稳定状态下，电弧电流 I_f、电弧电压 U_f、空载电压 U_0 和等效阻抗 Z 有如下关系：

$$U_f = \sqrt{U_0^2 - I_f^2 |Z|^2} \tag{1-6}$$

或

$$I_f = \frac{\sqrt{U_0^2 - U_f^2}}{|Z|} \tag{1-7}$$

由式(1-6) 和式(1-7) 可知，调节焊接规范，即在给定电弧电流时来调节电弧电压 [见式(1-6)]，或在给定电弧电压时来调节电弧电流 [见式(1-7)]，都可以通过调节弧焊电源的空载电压 U_0 和等效阻抗 $|Z|$ 来实现。当 U_0 不变，改变 $|Z|$ 时，便可得到一簇外特性曲线，如图 1-22(a) 和图 1-23(a) 所示；当 $|Z|$ 不变，改变 U_0 时，可得到图 1-22(b) 和图 1-23(b) 所示的外特性曲线簇；同时改变 U_0 与 $|Z|$，便可得到图 1-24 所示的外特性曲线簇。

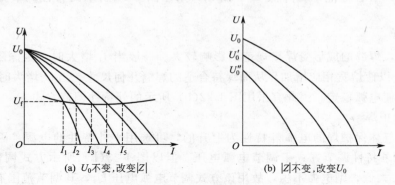

(a) U_0不变,改变$|Z|$　　　　　　(b) $|Z|$不变,改变U_0

图 1-22　下降外特性调节方式示意图

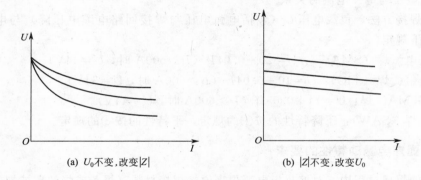

(a) U_0不变,改变$|Z|$　　　　　　(b) $|Z|$不变,改变U_0

图 1-23　平外特性调节方式示意图

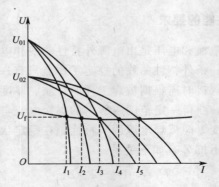

图 1-24　同时改变 U_0 和 $|Z|$ 的外特性

不同的焊接方法对弧焊电源特性调节方式提出不同的要求。

1. 焊条电弧焊

据前可知，焊条电弧焊要求电源的外特性为下降的，并且电弧电压和空载电压一般是保持不变的。因此，焊条电弧焊常用的弧焊电源调节特性如图 1-22(a) 所示。但是在使用小电流焊接时，由于电流小，电子热发射能力弱，需要靠强电场作用才容易引燃电弧，尤其是交流弧焊电源，为了使电弧稳定，需要较高的 U_0；用大电流焊时，电子热发射能力强，为了提高功率因数，节省电能，可降低 U_0。所以，采用图 1-24 所示的特性调节方式是最为理想的。

2. 埋弧焊

埋弧焊时，焊缝的成形受焊接规范的影响较大。一般当 I_f 增大时，熔深随着增大，则要求增大 U_f，以使熔宽相应增加，从而保持合适的焊缝几何尺寸。当 U_f 增大时，则要求 U_0 相应提高，以使电弧稳定。因此宜采用图 1-22(b) 所示的外特性调节方式。

3. 气体保护焊

等速送丝气体保护焊的电弧静特性为上升的，可选用平外特性的电源。因而采用图 1-23 所示的电源外特性调节方式来调节电弧电压。但以图 1-23(b) 所示方式调低 U_f 时，U_0 随着降低，U_0 太低，则电弧不稳，故用该方式调节电弧电压 U_f，其调节范围有限。而用图 1-23(a) 所示调节方式调节电弧电压时，因 U_0 不变，稳弧性好，允许在较大范围内调节 U_f，故调节性能优于前者。

4. 负载电压与电弧电流的关系

不同的焊接方法，负载电压 U（包括电弧电压与焊接回路电缆电压降）与电弧电流 I_f 的关系有如下规定。

① 焊条电弧焊（SMAW）：$U = 20 + 0.04 I_f$（$I_f > 600A$ 时，$U = 44V$）。

② 钨极氩弧焊（TIG）：$U = 10 + 0.04 I_f$（$I_f > 600A$ 时，$U = 34V$）。

③ MIG/MAG 焊：$U = 14 + 0.05 I_f$（$I_f > 600A$ 时，$U = 44V$）。

④ 埋弧焊（SAW）：下降特性的按①的规定，平特性的按③的规定。

三、对弧焊电源动特性的要求

在实际的焊接过程中，对熔化极电弧焊来说，焊接材料（焊条或焊丝）被加热熔化并形成熔滴，然后过渡到熔池中去，这个过程称为熔滴过渡。在熔滴过渡时，经常会造成弧焊电源短路，尤其是在大颗粒熔滴过渡时更为严重。这样就使电弧长度、电弧电压和焊接电流产生瞬时变化，即电弧对供电的电源来说是一个动态负载，因此需要对弧焊电源的动特性提出相应的要求。

弧焊电源动特性是指电弧负载状态发生变化时，弧焊电源输出电压与电流的响应过程，可以用弧焊电源输出电流 i_f、电压 u_f 对时间的关系来表示。只有当电源的动特性合适时，才能获得预期的有规律的熔滴过渡，使电弧稳定，有较小的飞溅，容易引弧，从而获得良好的焊缝成形。

对于非熔化极电弧来说，由于它不是靠电极本身的金属来填充熔池，在焊接过程中，电极不熔化，弧长、电弧电压和焊接电流变化很小，因而，动特性对它的影响不明显。

熔化极电弧焊对动特性的要求是随熔滴过渡形式的不同而异的。所采用的工艺方法和焊接工艺参数不同，熔滴过渡形式就不同，因此对弧焊电源的动特性要求也就不同。当熔滴为射流过渡（熔滴以细颗粒高速进入熔池）和滴状过渡（熔滴以自由飞落方式进入熔池）时，电弧电压和电流基本不变，可以把电弧看成是静态负载。因此，在上述情况下对弧焊电源的动特性没有什么要求。而当熔滴为短路过渡时，焊接电流密度很小，电弧电压较低，弧长较短，电极端部的熔化金属在未形成大体积的熔滴时就与熔池接触，由于强烈过热和磁收缩的作用，使熔滴爆断，直接向熔池过渡。短路过渡的电弧是变化较大的动负载，使弧焊电源周期性地在空载、负载、短路三种状态之间转换，且频率很高（每秒钟可达几十至几百次），所以弧焊电源必须具备良好的动特性。

对动特性的具体要求，主要有以下几点。

（1）合适的瞬时短路电流峰值　焊条电弧焊时，为了有利于引弧，加速金属的熔化和过渡，同时为了缩短电源处于短路状态的时间，因此希望瞬时短路电流峰值大一些。但是过高的话，会导致焊条与焊件过热，甚至使焊件烧穿，还会引起飞溅的增加以及电源过载，所以必须要有合适的瞬时短路电流峰值。

（2）合适的短路电流上升速度　短路电流增加较慢，熔滴不能迅速过渡到溶池中去，甚至使电弧不稳，引起断弧，因此，一般要求有较快的短路电流上升速度。但也不能过高，速度过高时，熔滴刚与熔池接触就形成颈缩，产生金属飞溅，焊缝成形不理想。

（3）达到恢复电压最低值的时间应适当　为了保持焊接电弧的稳定燃烧，对弧焊电源来说，从短路到复燃时，要求能在较短的时间内达到恢复电压的最低值（一般 $\geqslant 30V$），这样才能使电弧在极短的时间内重复引燃，以保持电弧的持续、稳定。

综上所述，为使电弧引燃容易和保证焊接过程的稳定，并得到良好的焊缝质量，要求弧焊电源应具备对负载瞬变的良好的反应能力，即良好的动特性。

习　题

1-1　电弧的物理本质是什么？它与一般的燃烧现象有何异同？

1-2　在焊接电弧中，气体电离有哪几种形式？各有何特点？

1-3　热发射和电场发射各有什么特点？分别在什么样的条件下起主要作用？

1-4　焊接电弧是如何分类的？

1-5　焊接电弧电压由哪几部分组成？与焊接电弧长度关系如何？

1-6　电弧长度对电弧静特性有何影响？

1-7　结合波形图分析电弧动特性的形成过程。

1-8　电弧的温度分布有什么特点？

1-9　在电弧中有哪几种主要作用力？说明各种作用力对熔池和熔滴过渡的影响。

1-10　影响电弧力的因素有哪些？简述各因素的作用。

1-11　交流电弧有何特点？怎样才能使交流电弧连续燃烧？

1-12　交流电弧的稳定性主要与哪些因素有关？

1-13　提高交流电弧稳定性的措施有哪些？

1-14　试从"电弧-电源"系统状态变化过程分析其稳定性的充分必要条件。

1-15　不同的弧焊工艺对弧焊电源外特性工作区段的形状有何要求？

1-16　焊条电弧焊采用什么样的调节特性是最理想的？

1-17　对电源动特性有什么具体要求？

第二章　弧焊变压器

本章主要讲述弧焊变压器的有关内容。通过本章的学习，要求掌握的内容有：普通变压器工作原理；增强漏磁式弧焊变压器的工作原理。要求理解的内容有：增强漏磁式弧焊变压器的电磁关系。要求了解的内容是：变压器的结构特点、电磁关系；特殊变压器的作用；串联电抗器式弧焊变压器的分类、结构特点。

弧焊变压器属于机械调节式的交流弧焊电源，具有便于制造、使用可靠、易于维修、节约电能和价格低廉的优点，因而广泛用于焊条电弧焊、埋弧焊和钨极氩弧焊等焊接方法中，在各类焊接电源中占有很大的比例。但由于交流电弧不稳定，虽然采取了一些措施得以改善，但是随着新的电子控制型电源的出现，弧焊变压器有被晶闸管弧焊电源及逆变式焊接电源替代的趋势。在焊接铝、镁及其合金方面，则有被矩形波交流弧焊电源替代的趋势。

第一节　变　压　器

一、变压器的用途和基本结构

变压器是一种常见的静止电气设备，利用电磁感应原理，可把某一数值的交变电压变换成同频率的另一数值的交变电压。

当输送功率 P（$=UI\cos\varphi$）及负载功率因数 $\cos\varphi$ 一定时，电压 U 越高，则线路电流 I 越小。这不仅可以减小输电线的截面积，节省材料，同时还可减小线路的功率损耗。因此，在大功率远距离输电时，利用变压器将电压升高；在用电方面，为了保证用电的安全和满足用电设备的电压等级要求，又要利用变压器将电压降低。

在电力系统广泛使用的是电力变压器，在电子线路中，除电源变压器用来变换电压外，耦合变压器还用来耦合电路、传递信号，并实现阻抗匹配。

此外，变压器还有调压用的自耦变压器、仪表测量用来改变电压、电流量程的仪用互感器及各种专用变压器（如电炉变压器、整流变压器、弧焊变压器等）。

变压器的种类很多，但是它们的基本构造和工作原理是相同的，都由铁芯和套在铁芯上的绕组构成。铁芯的作用是构成磁路。为了减少涡流和磁滞损耗，铁芯用硅钢片（厚度为0.35 或 0.5mm）叠装而成，片间相互绝缘。

按绕组与铁芯的安装位置不同，变压器可分为芯式和壳式两种，如图 2-1 所示。芯式变

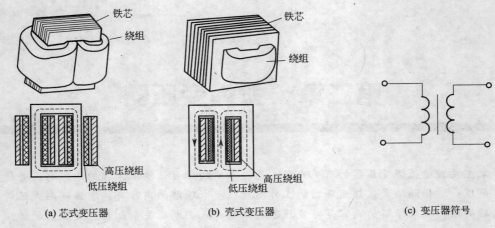

(a) 芯式变压器　　　　　　(b) 壳式变压器　　　　　　(c) 变压器符号

图 2-1　变压器的结构和图形符号

压器在两侧铁芯柱上放置线圈，低压绕组靠近铁芯放置，高压绕组则绕在低压绕组的外面。壳式变压器的高低压绕组都绕在当中的铁芯柱上，因此当中的铁芯柱的截面积为两边铁芯柱的 2 倍。

二、变压器的工作原理

1. 空载

图 2-2 所示为变压器空载运行时的原理图。变压器空载运行是指一次绕组 L_1 接电源，而二次绕组 L_2 处于开路状态。L_1 和 L_2 的匝数分别为 N_1 和 N_2。

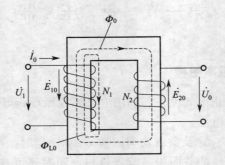

图 2-2　变压器空载运行的原理图

在一次绕组 L_1 上施加交流电压 $\dot{U}_1$，产生变压器空载电流 $\dot{I}_0$。$\dot{I}_0$ 产生交变磁动势 $\dot{I}_0 N_1 = \dot{F}_0$，建立交变磁通 Φ_1，Φ_1 中经铁芯闭合的那部分为空载主磁通 Φ_0，它是耦合磁通；经空气闭合的部分为空载漏磁通 Φ_{L0}。Φ_0 分别与一、二次绕组耦合，各产生电动势 $\dot{E}_{10}$、$\dot{E}_{20}$，在二次绕组 L_2 上输出空载电压 $\dot{U}_0$，其电磁关系可表示为

$$\dot{U}_1 \longrightarrow \dot{I}_0 (\dot{I}_0 N_1) \longrightarrow \Phi_1 \longrightarrow \Phi_0$$

现讨论 $\dot{U}_0$ 与 $\dot{U}_1$ 的关系。由于 $\dot{U}_1$ 为正弦波电压，在变压器中的产生的磁通也可以看成是按正弦规律变化的。设穿过一次绕组 L_1 的交变主磁通为

$$\Phi_0 = \Phi_{0m} \sin\omega t$$

Φ_{0m} 为 Φ_0 的最大值。则一次绕组 L_1 的感应电动势瞬时值为：

$$e_{10} = -N_1 \frac{d\Phi_0}{dt} = -N_1 \frac{d(\Phi_{0m}\sin\omega t)}{dt} = -N_1 \omega \Phi_{0m} \cos\omega t$$

$$= 2\pi f N_1 \Phi_{0m} \sin(\omega t - 90°) = E_{0m} \sin(\omega t - 90°)$$

由此可见，感应电动势在相位上滞后主磁通 90°，其有效值为：

$$\dot{E}_{10} = \frac{E_{0m}}{\sqrt{2}} = \frac{2\pi f N_1 \Phi_{0m}}{\sqrt{2}} = 4.44 f N_1 \Phi_{0m} \tag{2-1}$$

同理可推得二次绕组 L_2 的感应电动势的有效值为：

$$\dot{E}_{20} = 4.44 f N_2 \Phi_{0m} \tag{2-2}$$

对于一般电力网变压器，由于空载电流很小，一次绕组 L_1 的漏阻抗压降可不计，故有

$$\dot{U}_1 \approx -\dot{E}_{10} \tag{2-3}$$

式(2-3)表明，U_1 与 E_{10} 在数值上相等，方向相反。

对于二次绕组 L_2 则有

$$I_2 = 0 \qquad \dot{U}_0 = \dot{E}_{20}$$

则一、二次绕组电压的数值关系为

$$\frac{\dot{U}_1}{\dot{U}_0} \approx \frac{\dot{E}_{10}}{\dot{E}_{20}} = \frac{N_1}{N_2} = K \tag{2-4}$$

式中，K 称为变压器的变压比，简称变比，即一、二次绕组的匝数比。$K>1$，是降压变压器；$K<1$，是升压变压器。

2. 负载

如图 2-3 所示，在一次绕组 L_1 上施加电压 $\dot{U}_1$，二次绕组 L_2 上接负载。

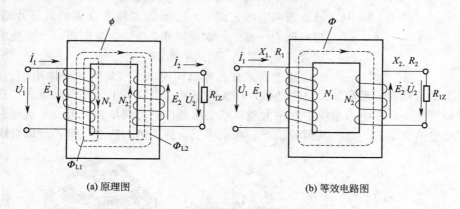

(a) 原理图　　　　　　　(b) 等效电路图

图 2-3 变压器负载运行时的原理图

（1）电压变换关系　与空载时一样

$$\frac{\dot{U}_1}{\dot{U}_2} \approx \frac{E_1}{E_2} = \frac{N_1}{N_2} = K$$

（2）电流变换关系　当接入负载时，一、二次绕组中的电流分别变为 $\dot{I}_1$ 和 $\dot{I}_2$，相应的

磁动势为 $\dot{I}_1 N_1$ 和 $\dot{I}_2 N_2$，铁芯中的合成磁动势为 $\dot{I}_1 N_1 + \dot{I}_2 N_2$。它们共同产生的主磁通 Φ 经铁芯闭合和经空气闭合的漏磁通分别为 Φ_{L1} 和 Φ_{L2}。主磁通穿过一次和二次绕组分别感应电动势 $\dot{E}_1$ 和 $\dot{E}_2$。由 $\dot{U}_1 \approx E_1 = 4.44 f N_1 \Phi_m$ 得，当 $\dot{U}_1$ 和 f 不变时，$\dot{E}_1$ 和 Φ_m 维持不变。因此负载时产生的主磁通的一、二次绕组的合成磁动势（$\dot{I}_1 N_1 + \dot{I}_2 N_2$）应该与空载时产生的主磁通的一次绕组 L_1 的磁动势 $\dot{I}_0 N_1$ 近似相等，即

$$\dot{I}_1 N_1 + \dot{I}_2 N_2 = \dot{I}_0 N_1 \tag{2-5}$$

由于空载电流 $\dot{I}_0$ 是很小的，与 $\dot{I}_1$ 相比可忽略不计，则式(2-5)可写成

$$\dot{I}_1 N_1 \approx -\dot{I}_2 N_2 \tag{2-6}$$

由式(2-6)可知一、二次绕组的磁动势在相位上近似相反，即二次绕组 L_2 的磁动势对一次绕组 L_1 的磁动势有去磁作用。一、二次绕组电流的数值关系为

$$\frac{I_1}{I_2} \approx \frac{N_2}{N_1} = \frac{1}{K} \tag{2-7}$$

三、特殊变压器

1. 自耦变压器

自耦变压器只有一个绕组，如图 2-4 所示，即一、二次绕组共用一部分绕组，所以自耦变压器一、二次绕组之间除有磁的耦合外，还有电的直接联系，而一般的电力变压器一、二次绕组之间仅有磁的耦合。自耦变压器的工作原理与普通变压器一样，一、二次绕组之间的电压与电流和匝数的关系仍然相同。

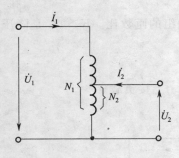

　自耦变压器可以把抽头制成沿线圈自由滑动的触点，以平滑调节二次绕组电压。其铁芯制成环形，靠手柄转动滑动触点来调电压。图 2-5 所示为实验室常用的低压小容量的单相自耦调压器。一次绕组接 220V 交流电压，二次绕组输出电压可在 0～250V 范围内调节。

图 2-4　自耦变压器

　由于自耦变压器结构简单、节省材料、体积小、成本低，所以常用小型自耦变压器启动交流电动机；在实验室和小型仪器上用作调压设备；在照明装置上用来调节光度；在电力系统中常用大型自耦变压器作电力变压器。但由于其一、二次绕组有直接的电的联系，一旦公共部分断开，高压将引入低压侧，造成危险，所以自耦变压器

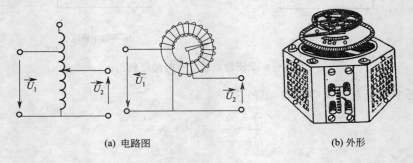

(a) 电路图　　　　　　　　　　　(b) 外形

图 2-5　单相自耦调压器

的变比选择应使 $K<3$，且不能用作 36V 以下的安全电压的供电电源。

2. 多绕组变压器

多绕组变压器往往有多个绕组，如图 2-6 所示。这种变压器的优点是：能提高效率、节省材料、体积小，因而常用在自动控制装置和仪表中作电源变压器。在电子技术中，为了减少干扰，常在小型多绕组变压器的一、二次绕组之间装有屏蔽。图 2-6 中的虚线（接机壳）表示屏蔽层。

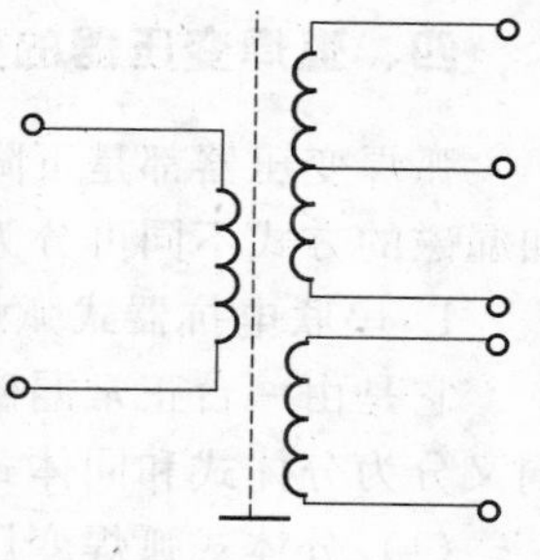

图 2-6 多绕组变压器
（装有屏蔽层）

3. 仪用互感器

专供测量仪表、控制和保护设备用的变压器，称为仪用互感器。按用途可分为电压互感器和电流互感器。利用仪用互感器将待测的电压或电流按一定的比例减小以便于测量；且将高压电路与测量仪表电路隔离，以保证安全。仪用互感器实质上是一个小型变压器，因而其工作原理与普通变压器一样，一、二次绕组之间的电压与电流和匝数的关系仍然相同。

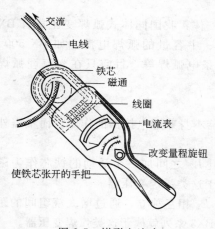

图 2-7 钳形电流表

图 2-7 是利用电流互感器原理制成的便携式钳形电流表。闭合铁芯可以张开，将被测载流导线钳入铁芯窗口中，这根导线相当于电流互感器的一次绕组，铁芯上绕有二次绕组，与测量仪表连接，可直接读出被测电流的数值。

电压互感器可用来扩大交流电压表的量程。它的工作原理与普通变压器空载情况相似。使用时，应把匝数较多的高压绕组跨接在需要测量电压的供电线上，而匝数较少的低压绕组则与电压表相连。

通常电压互感器副绕组的额定电压均设计为同一标准值——100V；电流互感器副绕组的额定电流均设计为同一标准值——5A。

使用仪用互感器时应注意：电压互感器的二次绕组不许短路；电流互感器的二次绕组不允许开路；为防止仪用互感器一、二次绕组之间绝缘损坏时造成危险，仪用互感器铁芯以及二次绕组的一端应当接地。

4. 弧焊变压器

它的基本原理与一般的电力变压器相同，但为了满足弧焊工艺的要求而应有以下特殊性：

① 为了保证交流电弧的稳定燃烧，要有一定的空载电压和较大的电感。

② 主要用于焊条电弧焊、埋弧焊和钨极氩弧焊，应具有下降的外特性。

③ 为了调节焊接工艺参数，弧焊变压器内部感抗数值应可调。

弧焊变压器与一般变压器不同之处在于：一般变压器希望减少漏磁通，而弧焊变压器往往要人为地增大漏磁通来加以利用。弧焊变压器增大漏磁通加以利用的方式主要有两种：一种是使变压器具有较大的漏磁，以获得较大的漏抗，而不用串联电抗器；另一种是使变压器的总漏抗很小，靠串联电抗器得到较大的漏抗。不管哪种方法都是靠增加漏抗，使在其上有较大的电压降，从而当电流增加时获得下降的外特性。

四、弧焊变压器的分类

弧焊变压器都是下降特性的电源,是通过增大主回路电感量来获得下降特性的。按其增加漏磁的方式不同可分为串联电抗器式和增强漏磁式两种。

1. 串联电抗器式弧焊变压器

它是由一台正常漏磁(漏磁很少,可忽略)的变压器串联一个电抗器而构成,按结构不同又分为分体式和同体式两种。

(1)分体式弧焊变压器 变压器与电抗器是分别独立的。根据串联电抗器的数量又可分为以下两种:

① 单站分体式弧焊变压器。BN 系列弧焊变压器属于单站分体式弧焊变压器,这类弧焊变压器具有结构不紧凑、耗材多、噪声大、小电流时电弧稳定性差等缺点,目前已不再生产。

② 多站分体式弧焊变压器。国产有 BP-3×500 型。多站分体式弧焊变压器具有如下缺点:集中供电,不便于移动,灵活性差;焊接电路是低压供电,线路能量损耗大;当弧焊变压器发生故障时,各站均受影响,工作可靠性差。故它的应用很少,只在一些大型焊接车间仍有极少量应用。

(2)同体式弧焊变压器 变压器与电抗器铁芯组成一体。我国同体式弧焊变压器有 BX和 BN2 系列,小电流时的电弧稳定性较差,适于作大、中容量的弧焊电源,如 BX-500、BX2-500、BX2-1000、BX2-2000 等,适用于埋弧焊、焊条电弧焊等,目前只在交流埋弧焊中有极少量应用。

2. 增强漏磁式弧焊变压器

这类弧焊变压器人为地增大了自身的漏磁,使变压器本身兼起电抗器的作用,而不需外加电抗器。按增强和调节漏抗的方法不同又可分为:

(1)动铁式弧焊变压器 在一次绕组 L_1 与二次绕组 L_2 之间加一个活动的铁芯作为磁分路,以增强漏磁和调节焊接工艺参数。BX1 系列就属于这类弧焊变压器。

(2)动圈式弧焊变压器 其一次绕组 L_1 与二次绕组 L_2 相互独立,通过增大绕组间的距离来增强漏磁,改变绕组间的距离来调节焊接工艺参数。BX3 系列就属于这类弧焊变压器。

(3)抽头式弧焊变压器 也是将一次绕组 L_1 与二次绕组 L_2 分开来增加漏磁,通过换接抽头而改变匝数来调节漏抗,从而调节焊接工艺参数。BX6 系列弧焊变压器就属于这类弧焊变压器。

第二节 增强漏磁式弧焊变压器

由本章第一节内容知道,增强漏磁式弧焊变压器可分为动铁式、动圈式和抽头式弧焊变压器三种。

一、动铁式弧焊变压器

1. 结构特点

如图 2-8 所示,动铁式弧焊变压器由静铁芯Ⅰ、动铁芯Ⅱ、一次绕组 L_1 和二次绕组 L_2组成。为增加漏磁使一次绕组 L_1 和二次绕组 L_2 耦合得不紧密,L_1 和 L_2 分开绕在静铁芯Ⅰ

上，二者之间相距一定距离。动铁芯插入一次绕组和二次绕组之间，动、静铁芯之间留有空气隙 δ，它构成一个磁分路，以减少漏磁磁路的磁阻，从而使漏磁显著增强。动铁芯 II 可以垂直于纸面相对于静铁芯 I 前后移动，以调节漏磁，从而调节焊接电流的大小，故称为动铁芯式，简称为动铁式。

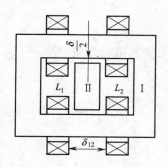
图 2-8 动铁式弧焊变压器结构原理图

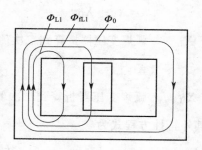
图 2-9 空载时磁通分布

2. 工作原理

（1）空载 一次绕组 L_1 的两端施加电压 U_1，产生电流 I_1，I_1 形成磁动势 $I_1 N_1$，产生磁通 Φ_1，它由三部分组成：

$$\Phi_1 = \Phi_0 + \Phi_{fL1} + \Phi_{L1} \tag{2-8}$$

式中　Φ_0——Φ_1 通过静铁芯闭合的部分，称为弧焊变压器的主磁通；

Φ_{fL1}——Φ_1 通过动铁芯闭合的部分，称为弧焊变压器的一次附加漏磁通；

Φ_{L1}——Φ_1 通过空气闭合的部分，称为弧焊变压器的一次空气漏磁通。

三部分磁通的分布如图 2-9 所示。变压器空载电压是由 Φ_0 穿过 L_2 感应建立的，所以

$$U_0 = \frac{N_2}{N_1} K_M U_1 \tag{2-9}$$

式中　K_M——变压器耦合系数，$K_M = \Phi_0 / \Phi_1$。

由式（2-8）可知，U_0 不仅与 N_1 / N_2 的大小有关，还与 K_M 有关。当动铁芯移出变压器铁芯窗口时，使 Φ_{fL1} 减小、K_M 增大，则 U_0 增大；反之，U_0 减小。

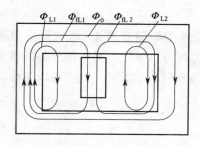
图 2-10 负载时磁通分布

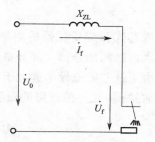
图 2-11 等效电路图

（2）负载 负载时，二次绕组 L_2 中有负载电流 I_f 流过，产生磁通，其分布如图 2-10所示。变压器主磁通 Φ_0 不变，一、二次绕组除各自产生的漏磁通 Φ_{L1} 和 Φ_{L2} 外，还有附加漏磁通 Φ_{fL1} 和 Φ_{fL2}。所以变压器除了空气漏磁产生的漏抗 X_{L1} 和 X_{L2} 外，还有附加漏磁通产

生的附加漏抗 X_{fL1} 和 X_{fL2}。根据变压器等效电路折算方法，将一次折算到二次后，其等效电路如图 2-11 所示。

变压器总漏抗为

$$X_{ZL} = X''_{L1} + X_{L2} + X''_{fL1} + X_{fL2} = \left(\frac{N_2}{N_1}\right)^2 X_{L1} + X_{L2} + \left(\frac{N_2}{N_1}\right)^2 X_{fL1} + X_{fL2}$$

$$= X_L + X_{fL} \tag{2-10}$$

式中　X_L——弧焊变压器折算到二次侧的总空气漏抗，与铁芯位置无关，$X_L = \left(\frac{N_2}{N_1}\right)^2 X_{L1} + X_{L2}$；

　　　X_{fL}——弧焊变压器折算到二次侧的总附加漏抗，$X_{fL} = \left(\frac{N_2}{N_1}\right)^2 X_{fL1} + X_{fL2}$。

其外特性方程式为

$$\dot{U}_f = \dot{U}_0 - j\dot{I}_f X_{ZL}$$

或

$$U_f = \sqrt{U_0^2 - I_f^2 X_{ZL}^2} \tag{2-11}$$

即靠变压器本身具有的总漏抗获得下降的外特性。

（3）短路　这时 $U_f = 0$，由式（2-11）可得，动铁式弧焊变压器的短路电流为

$$I_S = \frac{U_0}{X_{ZL}} \tag{2-12}$$

由上式可知，短路电流由 X_{ZL} 来限制。

3. 焊接工艺参数调节

根据式（2-11）有

$$I_f = \frac{\sqrt{U_0^2 - U_f^2}}{X_{ZL}} = \frac{\sqrt{U_0^2 - U_f^2}}{X_L + X_{fL}}$$

由上式可知，焊接电流的调节是通过改变弧焊变压器的总漏抗 X_{ZL} 来调节的。而 X_L 与动铁芯的位置无关，由式（2-10）可知，只有调节 X_{fL}。

根据有关的电磁理论可知，带铁芯的绕组产生的感抗 X 与绕组的匝数 N 的平方成正比，而与磁阻 R_m 成反比，即

$$X \propto \frac{N^2}{R_m}$$

在动铁芯式弧焊变压器的附加漏抗 X_{fL} 中，R_m 是指附加漏磁通 Φ_{fL} 所通过的磁路的磁阻，该磁阻包括两部分：一部分是动、静铁芯间空气隙部分的磁阻；另一部分是动铁芯部分的磁阻。由于铁芯的磁导率远大于空气，故铁芯部分的磁阻远小于空气隙，可以忽略，所以附加漏磁通 Φ_{fL} 所经过的磁路的磁阻 $R_m = \delta/(\mu_0 S_\delta)$，则

$$X_{fL} \propto \frac{\mu_0 N_2^2 S_\delta}{\delta} \tag{2-13}$$

式中　μ_0——空气的磁导率；

　　　δ——变压器动铁芯与静铁芯之间的空气隙的长度；

　　　S_δ——变压器动铁芯与静铁芯之间的空气隙的截面积，它近似等于动铁芯位于变压器铁芯窗口内那部分的截面积。

由上式可知，调节动铁芯的位置，即调节了 δ 和 S_δ，从而调节了附加漏磁抗 X_{fL}。

动铁芯的形状有两种：矩形动铁芯和梯形动铁芯，如图 2-12 所示。

图 2-12(a) 中动铁芯为矩形，当矩形动铁芯移入时，δ 不变，S_δ 增大，使 X_{fL} 增大，X_{ZL} 增大，从而减小 K_M，U_0 降低，电流 I_f 减小；反之，当矩形动铁芯移出时，δ 不变，S_δ 减小，使 X_{fL} 减小，X_{ZL} 减小，从而增大 K_M，U_0 增大，电流 I_f 增大。

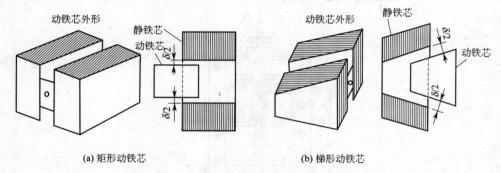

动铁芯外形　　静铁芯　　动铁芯　$\delta/2$　$\delta/2$

动铁芯外形　　静铁芯　$\delta/2$　动铁芯　$\delta/2$

(a) 矩形动铁芯　　　　　　　(b) 梯形动铁芯

图 2-12　动铁芯形状及其与静铁芯的配合示意图

图 2-12(b) 中动铁芯为梯形，当梯形动铁芯位置变化时，不仅 S_δ 变化，δ 也产生变化。梯形动铁芯在最里面时，δ 值很小，接近于零，因此 X_{fL} 的最大值比同条件下矩形动铁芯的大，电流调节的下限值较小；反之，梯形动铁芯在最外面位置时，δ 值比矩形动铁芯的大，因此 X_{fL} 的最小值比同条件下矩形动铁芯的小，电流调节的上限值较大。

综上所述，梯形动铁芯弧焊变压器的电流调节范围比矩形动铁芯弧焊变压器的大，因此梯形动铁芯的应用较广。

4. 产品介绍

动铁式弧焊变压器是目前常用的弧焊变压器之一，国产型号属于 BX1 系列。产品有 BX1-135、BX1-300、BX1-500，动铁芯均为梯形。

这类弧焊变压器的优点是：振动小；结构简单，易造好用；由于不用电抗器即可获得下降外特性，节省原材料；焊接工艺参数调节方便。缺点是：由于有两个空气隙，使附加损耗大，故宜制成中、小容量的产品。

二、动圈式弧焊变压器

1. 结构特点

动圈式弧焊变压器结构如图 2-13 所示，又称动绕组式弧焊变压器。它是靠人为地增强变压器自身的漏抗来取代电抗器的作用。它的铁芯形状特点是高而窄，在两侧的芯柱上套有一次绕组 L_1 和二次绕组 L_2。L_1 和 L_2 分别制成匝数相等的两盘，各自分开缠绕，L_1 在下方固定不动，L_2 在上方是活动的，摇动手柄可令其沿铁芯上下移动，以改变 L_1 和 L_2 之间的距离 δ_{12}。这种结构的特点，使得一、二次绕组之间的耦合不紧密而有很强的漏磁，当 δ_{12} 变化时，变压器的漏磁产生变化，变压器的漏抗也随之变化，由此所产生的漏抗就足以得到下降的外特性，而不必附加电抗器。

2. 工作原理

它与动铁式弧焊变压器的工作原理基本相同。

(1) 空载　输入电压 U_1 加到变压器的一次绕组上，这时一次绕组产生磁通 Φ_1，其大部分经铁芯闭合同 L_1、L_2 匝链为空载主磁通 Φ_0，少部分经空气闭合只与 L_1 本身匝链为漏磁

通 Φ_{L1}，它的分布情况见图 2-14。Φ_0 与二次绕组匝链产生空载电压 U_0。变压器的耦合系数为 $K_M = \Phi_0/(\Phi_0 + \Phi_{L1})$。故

$$U_0 = \frac{N_2}{N_1} K_M U_1 \tag{2-14}$$

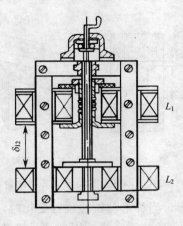

图 2-13　动圈式弧焊变压器结构示意图

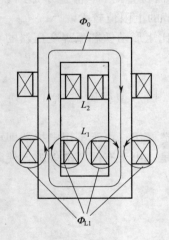

图 2-14　空载时磁通分布

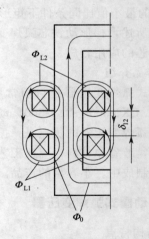

图 2-15　负载时磁通分布

（2）负载　负载时一、二次绕组都有电流，各自产生空气漏磁 Φ_{L1} 和 Φ_{L2}（见图 2-15），进而产生漏抗 X_1 和 X_2，而变压器主磁通不变，仍为 Φ_0。根据变压器的工作原理和折算方法，将一次折算到二次后，变压器总的等效漏抗为

$$X_{ZL} = X_1'' + X_2 = \left(\frac{N_2}{N_1}\right)^2 X_1 + X_2$$

外特性方程式则为

$$\dot{U}_f = \dot{U}_0 - j\dot{I}_f X_{ZL}$$

或者

$$U_0^2 = U_f^2 + (I_f X_{ZL})^2 \tag{2-15}$$

可见动圈式弧焊变压器的外特性为下降的外特性，即靠变压器内部增强的漏抗 X_{ZL} 获得

下降外特性。

（3）短路　这时 $U_f=0$，$I_f=I_S$，由式（2-15）可得，其短路电流为

$$I_S=U_0/X_{ZL} \tag{2-16}$$

3. 焊接工艺参数调节

动圈式弧焊变压器的外特性方程又可以写成

$$I_f=\frac{\sqrt{U_0^2-U_f^2}}{X_{ZL}}$$

其焊接工艺参数调节，可通过调节漏抗 X_{ZL} 来实现。漏抗值可用下式近似计算

$$X_{ZL}=KN_2^2(\delta_{12}+A) \tag{2-17}$$

式中　K，A——与变压器结构有关的常数；

N_2——二次绕组的匝数；

δ_{12}——一、二次绕组之间的距离。

从上式可知，当动圈式弧焊变压器结构一定时，只有改变 N_2 和 δ_{12} 来调节焊接工艺参数。

（1）改变 N_2 进行有级调节　由于 X_{ZL} 与 N_2 的平方成正比，所以改变 N_2 可以在较大范围内调节焊接电流 I_f。但改变 N_2 只能作为粗调，且由式（2-14）可知，N_2 变化时，U_0 亦会随着发生变化。为了使 U_0 不发生变化，特将 L_1 和 L_2 制成匝数相等的两盘。若使用小电流时，可令 L_1 和 L_2 串联；若使用大电流时，则令 L_1 和 L_2 并联。由串联换成并联时，X_{ZL} 和 I_f 各自相差 3 倍，一方面扩大了电流调节范围，另一方面可保持 U_0 不变。

（2）改变 δ_{12} 进行均匀调节　摇动手柄可令二次绕组 L_2 沿铁芯上下移动以改变 δ_{12} 的距离。当 δ_{12} 增大时，X_{ZL} 增加，焊接电流 I_f 减小；反之，δ_{12} 减小，X_{ZL} 也减小，而焊接电流 I_f 增大。由于 δ_{12} 可以连续变化，所以焊接电流 I_f 可均匀调节。

4. 产品介绍

动圈式弧焊变压器国产型号属 BX3 系列，产品有 BX3-120、BX3-300、BX3-500、BX3-1-300、BX3-1-500 等型号。前三种适用于焊条电弧焊，后两种适用于交流钨极氩弧焊。

动圈式弧焊变压器的优点是：外特性陡降，电流调节范围宽，空载电压高，电弧比较稳定。缺点是：耗材多，经济性差，电流调节下限受到铁芯高度的限制，因而只适用于中等容量。

三、抽头式弧焊变压器

1. 结构特点

抽头式弧焊变压器的原理如图 2-16 所示。在侧柱的一边绕有一次绕组的一部分 L_1'，在侧柱另一边绕有一次绕组的另一部分 L_1'' 和二次绕组 L_2。一次绕组的匝数较多，并留有若干个抽头，二次绕组的匝数较少。L_1'' 和 L_2 同轴缠绕，它们之间漏磁很少；而 L_1' 和 L_2 较远，耦合不紧密，漏磁较大，因而漏抗较大。抽头式弧焊变压器靠改变一次绕组

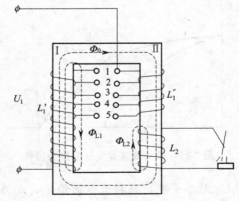

图 2-16　抽头式弧焊变压器的原理图

的抽头来调节漏抗。

2. 工作原理

（1）空载 磁通的分布如图 2-16 所示。一次绕组产生主磁通 Φ_0 与 L_1、L_2 匝链，L_1' 产生漏磁通 Φ_{L1}，L_1'' 产生的漏磁通可忽略不计，则

$$U_1 = 4.44 f N_1' (\Phi_{0m} + \Phi_{L1m}) + 4.44 f N_1'' \Phi_{0m}$$

$$U_0 = 4.44 f N_2 \Phi_{0m}$$

$$\frac{U_0}{U_1} = \frac{N_2 \Phi_{0m}}{N_1' (\Phi_{0m} + \Phi_{L1m}) + N_1'' \Phi_{0m}} = \frac{K_M N_2}{N_1' + K_M N_1''}$$

$$U_0 = \frac{K_M N_2}{N_1' + K_M N_1''} U_1 \tag{2-18}$$

式中，$K_M = \Phi_m / (\Phi_{0m} + \Phi_{L1m})$，为耦合系数。

（2）负载 主磁通 Φ_0 在铁芯内与一、二次绕组匝链，漏磁通由 L_1' 产生的 Φ_{L1} 和 L_2 产生的 Φ_{L2} 两部分组成，相应产生漏抗 X_2、X_2。弧焊变压器的总漏抗可用下述经验公式计算

$$X_{ZL} = K(1-\lambda)^2 N_2^2 \tag{2-19}$$

式中 K——由变压器结构决定的系数；

λ——重合率。

对于图 2-16 所示结构，重合率为

$$\lambda = \frac{N_1''}{N_1' + N_1''}$$

λ 就是与 N_2 绕在同一铁芯柱上耦合较紧密的那部分一次绕组 L_1'' 在整个一次绕组中所占的比例。

抽头式弧焊变压器的外特性方程为

$$\dot{U}_f = \dot{U}_0 - j \dot{I}_f X_{ZL}$$

或者

$$U_0^2 = U_f^2 + (I_f X_{ZL})^2$$

故抽头式弧焊变压器因存在 X_{ZL}，其外特性为下降特性。当与 L_2 耦合较紧密的 L_1'' 的匝数减小，说明 L_1、L_2 耦合不紧密，λ 值减小，X_{ZL} 增大，外特性曲线变陡，反之亦然。

（3）焊接工艺参数调节 抽头式弧焊变压器的外特性又可以写成

$$I_f = \frac{\sqrt{U_0^2 - U_f^2}}{X_{ZL}}$$

调节 λ，改变 X_{ZL}，可以调节外特性。如图 2-16 所示，一次绕组 L_1' 和 L_1'' 设很多抽头，可通过开关改变抽头位置。在改变抽头位置时，一次绕组的匝数 $N_1 = N_1' + N_1''$ 基本不变，即 N_1' 增加时，N_1'' 减小。此时，λ 值会减小，反之亦然。这样 U_0 基本不变，有利于电弧稳定，而外特性曲线则随 λ 的增加、X_{ZL} 的减小而向右移动，如图 2-17 所示。

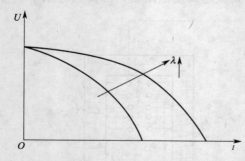

图 2-17 抽头式弧焊变压器的外特性

3. 特点及产品介绍

抽头式弧焊变压器的结构简单，易于制造，无活动部分，因此焊接电弧稳定，无噪声，使用可靠，成本低，但其调节性能不好，故抽头式弧焊变压器一般制成小容量、轻便型，主要用于维修、移动和登高等场合工作。

抽头式弧焊变压器国产型号属于 BX6 系列。如某生产厂家生产的 BX6-120-1 型，其额定电流为 120A，电流调节范围为 45～120A，额定负载持续率为 20％，质量只有 25kg。

第三节　弧焊变压器的常见故障与维修

一、电焊机故障检修方法

电焊机一旦发生故障，应立即切断电源，请电工修理，并将故障现象详细告诉电工，以方便电工迅速判断故障以及故障发生程度，及时解决问题。

1. 常用检修工具

万用表、兆欧表、钳形电流表以及其他常用工具。

2. 检测方法

电工（或电焊机修理人员）在检修时，首先听取焊机操作人员对故障现象的说明，然后检查外围电路与焊机内部。当确认故障在焊机内部时，可拆开焊机修理，一般采取"先看、再量、后拆"的方法。

先看：查看发生故障的痕迹；

再量：使用检修工具对故障现象进行检查、测量；

后拆：将故障元件拆下来更换。

故障处理完毕应调试，调试时通电一般按"小→大→整机"程序，先调试发生故障较小范围，逐渐扩大，各项参数合格后，再整机通电统一调试检测。

二、弧焊变压器常见故障及排除

弧焊变压器常见故障及排除见表 2-1。

表 2-1　弧焊变压器常见故障及排除

故　障	原　因	维　修　方　法
接通电源时,熔丝瞬间烧断	1. 一次绕组匝间短路 2. 熔丝选用太小	1. 排除短路或更换绕组 2. 更换熔丝
弧焊变压器无空载电压,不能引弧	1. 地线和工件接触不良 2. 焊接电缆断线 3. 焊钳和电缆接触不良 4. 焊接电缆与弧焊变压器输出端接触不良 5. 弧焊变压器一、二次线圈断路 6. 电源开关损坏 7. 电源熔丝烧断	1. 使地线和工件接触良好 2. 修复断线处 3. 使焊钳和电缆接触良好 4. 修复连接螺栓 5. 修复断路处或重新绕制 6. 修复或更换开关 7. 更换熔丝
变压器外壳带电	1. 一次或二次绕组碰壳;电源线碰壳;焊接电缆碰壳 2. 接地线未接或接地不良	1. 排除碰壳现象 2. 接好接地线

续表

故　障	原　因	维　修　方　法
输出电流过小	1. 焊接电缆过细过长，压降太大 2. 焊接电缆盘成盘状，电感大 3. 地线采用临时搭接而成 4. 地线与工件接触电阻太大 5. 焊接电缆与弧焊变压器输出端接触电阻过大	1. 减小电缆长度或加大线径 2. 将电缆放开，不成盘状 3. 换成正规铜质地线 4. 采用地线夹头，以减小接触电阻 5. 使电缆与弧焊变压器输出端接触良好
变压器过热	1. 变压器过载 2. 变压器绕组短路	1. 减小焊接电流 2. 排除短路
焊接电流不稳定	1. 电网电压波动 2. 调节丝杠磨损	1. 增大电网容量 2. 更换磨损部件
变压器强烈震动，并"嗡嗡"响，空载电压过低	1. 二次绕组匝间短路 2. 输入电压过低或接错	1. 排除短路或更换绕组 2. 纠正输入电压
空载电压过高，焊接电流过大	1. 输入电压接错 2. 弧焊变压器绕组接线错误	1. 纠正输入电压 2. 纠正接线
电网电压正常，但焊接电流忽大忽小	1. 调节丝杠磨损 2. 调节丝杠松动 3. 输入输出的连接处接触不良	1. 更换磨损部件 2. 拧紧相关螺钉 3. 修好接头并清理干净
弧焊变压器噪声过大	1. 铁芯叠片紧固螺栓未旋紧 2. 动、静铁芯间隙过大	1. 旋紧紧固螺栓 2. 铁芯重新叠片
接头处过热	1. 接头未拧紧 2. 接头处氧化 3. 接线螺钉材料不对	1. 拧紧接线螺钉 2. 清除氧化层 3. 接线螺钉应为铜件，不可用铁制品
电压与电流调节正常，电流表指示刻度不准确	指针或连杆变形；指针移位；丝杠磨损、机壳变形	纠正变形，将指针调整到相应的刻度处予以固定

习　题

2-1　简述变压器的基本结构与工作原理。

2-2　试述弧焊变压器的特点。

2-3　试述弧焊变压器的分类。

2-4　动铁式弧焊变压器如何增加漏磁？

2-5　矩形、梯形动铁式弧焊变压器的焊接工艺参数调节有什么不同？

2-6　动圈式弧焊变压器的规范参数是怎样调节的？

2-7　简述抽头式弧焊变压器的焊接工艺参数调节方法。

2-8　目前市场上最常用的弧焊变压器有哪些？

2-9　有1台弧焊变压器，当电网电压正常时，其输出电流忽大忽小。试分析其产生原因，如何排除？

2-10　有1台弧焊变压器，无空载电压，不能引弧，其故障原因有几种可能？

第三章　直流弧焊发电机与硅弧焊整流器

本章主要讲述直流弧焊发电机与硅弧焊整流器的工作原理、分类、组成及各部分的作用。通过本章的学习，要求学生了解各类直流弧焊发电机、普通硅弧焊整流器和磁放大器式弧焊整流器的基本电路及特点，理解其工作原理，掌握其规范调节及典型产品的应用。

直流弧焊发电机早在 20 世纪初就问世，它曾经在焊接生产中起过重要的作用。但弧焊发电机存在着耗电大、制造耗材多以及噪声大等缺点，随着半导体技术的发展和新型（整流式）直流弧焊电源的不断涌现，它已被硅弧焊整流器、晶闸管弧焊整流器、逆变式焊接电源代替。

硅弧焊整流器是以硅二极管作为整流元件，利用降压变压器将 50Hz 的单相或三相交流电网电压降为焊接时所需的低电压，经硅整流器整流和电抗器滤波获得直流电，从而对焊接电弧供电的直流弧焊电源。与直流弧焊发电机相比，硅弧焊整流器具有结构简单、噪声小、节能、省料、成本低、易于获得不同形状外特性、维修方便和效率高等优点，一度是直流弧焊发电机的替代产品之一，广泛应用于焊条电弧焊、埋弧焊、气体保护电弧焊、等离子弧焊及切割。它属于电磁控制型（磁放大器式弧焊整流器）或机械调节型（变压器-整流器式弧焊整流器）弧焊电源。与电子控制型弧焊电源相比，其可调的焊接工艺参数少、调节不够灵活、不够精确并受电网电压波动的影响较大，因而只能用于对质量要求不高的产品焊接，正逐渐被晶闸管弧焊整流器、逆变式焊接电源替代。而抽头式硅弧焊整流器具有简易、经济、可靠的优点，目前仍被国内外市场用作 CO_2 焊设备的电源。

第一节　直流弧焊发电机

一、直流弧焊发电机的基本原理

直流弧焊发电机一般由原动机和弧焊发电机组成。由旋转的原动机驱动弧焊发电机发出适于焊接用的直流电。原动机为弧焊发电机提供机械能，而弧焊发电机把机械能转变成焊接所需的电能。

弧焊发电机是基于一般发电机原理，是靠电枢上的导电体切割磁极和电枢之间空气隙内磁力线而感应产生电能的，一般发电机的外特性是平的，而弧焊发电机采用在电枢电路中串联电阻或改变励磁磁通的方法获得焊接要求的下降外特性。

二、直流弧焊发电机的分类

（1）根据产生去磁磁通的不同方法，直流弧焊发电机可分为：

① 差复励式（用串联绕组去磁）。

② 裂极式（用电枢反应去磁）。

③ 换向极去磁式（用换向极绕组去磁）。

（2）按驱动动力的不同，直流弧焊发电机可分为两种：

① 以电动机驱动并与发电机组成一体，称为直流电动机驱动式弧焊机，如 AX1-500、AX7-500、AX3-300 等型号的弧焊发电机，此类弧焊发电机已停产。

② 以柴（汽）油驱动并与发电机组成一体的，称为直流内燃机驱动式弧焊机，如 AXC-320、AXQ1-160 等型号。在野外环境或电网停电的情况下，主要使用直流内燃机驱动式弧焊机进行焊接。

从本质而言，这两种弧焊发电机只是原动机不同，其他部分的原理是相同的。

三、直流弧焊发电机的应用

直流弧焊发电机主要用于焊条电弧焊、埋弧焊和钨极氩弧焊，因此需具有下降的外特性。此外，也需具有良好的调节性能和动特性。

四、直流弧焊发电机的特点

直流弧焊发电机与弧焊整流器相比，具有坚固耐用，电流稳定，抗过载能力强，输出脉动小，受电网电压波动的影响小等优点，缺点是制造复杂，效率低，噪声及空载损耗大，耗材多。国家 1992 年已明令禁止生产直流电动机驱动式弧焊机，但现有部分厂矿企业仍有少量该类焊机因未到淘汰年限而在使用。直流内燃机驱动式弧焊机适用于无电力、野外施工的场合。

第二节   硅弧焊整流器的组成和分类

一、硅弧焊整流器的组成及各部分作用

硅弧焊整流器的组成如图 3-1 所示。各部分的作用如下。

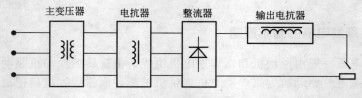

图 3-1   硅弧焊整流器的组成

1. 主变压器

其作用是降压，把三相 380V 交流电降至适合焊接的空载电压。

2. 电抗器

电抗器为磁放大器（又称磁饱和电抗器），它是用以控制外特性形状并调节焊接规范的。当主变压器为增强漏磁式或当要求弧焊电源输出平外特性时，则可不用电抗器。

3. 整流器

由大功率硅二极管组成，其作用是把三相交流电变换成直流电，供给焊接使用。

4. 输出电抗器

是串联在直流回路中的一个带铁芯并有空气间隙的电抗绕组，起滤波和改善动特性的作用。

二、硅弧焊整流器的分类

根据在硅弧焊整流器中是否带电抗器（磁放大器），可将其分为两类：无电抗器的硅弧焊整流器和带电抗器的硅弧焊整流器。

1. 无电抗器的硅弧焊整流器

按主变压器的结构不同又可分为：

（1）主变压器为正常漏磁　　这类电源的外特性是近于水平的，主要用于 CO_2 气体保护电弧焊及其他熔化极气体保护电弧焊。按调节空载电压的方法不同又分为抽头式、辅助变压器式和调压器式。

（2）主变压器为增强漏磁　　这类电源由于主变压器本身可增强漏磁，因而不需外加电抗器即可获得下降外特性并调节焊接参数。按增强漏磁的方法不同，可分为动圈式、动铁式和抽头式。

2. 带电抗器（磁放大器）的硅弧焊整流器

这类硅弧焊整流器所用的电抗器都是磁放大器式的。根据其结构特点不同又可分为：

① 无反馈磁放大器式硅弧焊整流器；

② 有反馈磁放大器式硅弧焊整流器。

无电抗器的硅弧焊整流器是在弧焊变压器的原理基础上发展起来的，属于比较简单的硅弧焊整流器，它对焊接参数的调节属于机械调节方法，往往需要通过调节动铁芯、动线圈或者抽头来实现。而带电抗器的硅弧焊整流器属于电磁控制方法，对其外特性、参数调节和电流波形控制的灵活性有所发展。

第三节　　普通硅弧焊整流器

普通硅弧焊整流器即无电抗器（磁放大器）的硅弧焊整流器。虽然磁放大器式弧焊整流器比普通硅弧焊整流器具有控制方便的优点，但却具有结构比较复杂、质量大、用料多等缺点。因此生产中也常用普通硅弧焊整流器。动圈式与抽头式弧焊整流器就是其中较为典型的两种弧焊电源。这两种弧焊电源属于机械调节式。

一、动圈式弧焊整流器

国产动圈式弧焊整流器有 ZXG1 型和 ZXG6 型，下面着重介绍国内统一设计的 ZXG1 型。

1. 结构

动圈式弧焊整流器由三相动圈式变压器、硅整流元件组和浪涌装置组成，其电路原理图如图 3-2 所示。

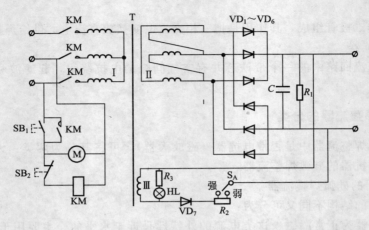

图 3-2 ZXG1 型动圈式弧焊整流器电路原理图

（1）三相动圈式变压器 其铁芯绕组结构特点分述如下。

① 铁芯 铁芯为对称"丫"形，如图 3-3 所示。

三个铁芯柱布置在等边三角形的三个顶点上，铁芯柱的截面为矩形。这种立体结构优于一般的平面形铁芯（"日"字形），因其三相磁路平衡，可使三相电流平衡，从而整流电流比较平稳。

② 绕组 次级绕组固定，初级绕组位于外圈，可以移动，并可部分套入次级绕组中（见图 3-3）。摇动手柄则一次绕组线圈可沿铁芯柱上下移动，从而调节焊接电流。

（2）浪涌装置 设置独特的浪涌装置的目的，在于增加小电流焊接时熔滴过渡的推力，使焊接过程更为稳定。其电路结构由变压器的绕组Ⅲ、二极管 VD_7 和电阻 R_2 组成，并联在焊机的输出端，如图 3-2 所示。其作用原理为：绕组Ⅲ两端的电压为 14V，低于焊机的空载电压和工作时的电弧电压，故在空载和焊接时，VD_7 被反向截止，使电路对焊接无影响；当引弧和熔滴过渡而使电弧间隙短路时，输出电弧电压为 0，VD_7 导通，浪涌装置发生瞬时浪涌电流，以利于引弧和熔滴过渡。浪涌装置分弱、中、强三挡，供不同焊接位置，不同焊条直径时选用。

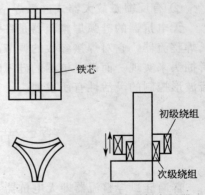

图 3-3 三相的动圈式弧焊变压器

（3）保护装置 弧焊整流器中电风扇 M 用以冷却电器部件特别是硅整流二极管；电容 C 用于抑制瞬时过电压峰值，起保护硅元件 $VD_1 \sim VD_6$ 作用；电阻 R_1 用于防止电容 C 与电路电感发生振荡。

2. 外特性控制与调节

该弧焊变压器中一、二次线圈耦合不紧密，漏抗很大，故可获得下降外特性，调节一、二次线圈的距离即可改变漏抗的大小，从而调节电流。当距离增加，漏抗也增加，导致电流减小。

3. 特点

与磁放大器式弧焊整流器相比，动圈式弧焊整流器的结构及线路简单、节省原材料、重量较轻，其电磁惯性与弧焊变压器相近，动特性很好，飞溅较少，因而一般可不用输出电抗器。输出的电流和电压受电网电压和温升的影响也较小。它的缺点是：由于线圈可动，使用时有轻微的振动和噪声；不易实现远距离调节；不便进行电网电压补偿。

4. 产品介绍

动圈式弧焊整流器国产系列为 ZXG1，目前生产有 ZXG1-160、ZXG1-250 和 ZXG1-400 型三种。还有 ZXG6-300 型，为三角形铁芯，结构与 ZXG1 有所不同。该电源由于弧焊变压器的漏抗很大，获得下降外特性而适于作焊条电弧焊、钨极氩弧焊、等离子弧焊的直流电源。

二、抽头式弧焊整流器

1. 组成及工作原理

抽头式弧焊整流器的基本电路如图 3-4 所示。

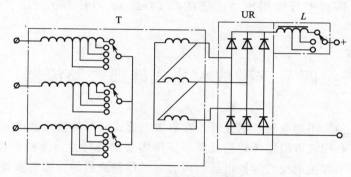

图 3-4　抽头式弧焊整流器的基本电路

它主要由主变压器 T、三相桥式硅整流器 UR 和输出电抗器 L 组成。主变压器是正常漏磁的一般三相降压变压器，漏磁很小，可以获得近于水平的外特性。为了调节输出电压，在一次绕组上设有许多抽头，以便改变一次绕组匝数进行调节。

对于三相桥式整流电路，空载电压为

$$U_0 = 1.35U_{21}$$

主变压器二次为三角形接法时，线电压与相电压相等，即

$$U_{21} = U_{2a} = U_{1a}\frac{N_2}{N_1}$$

因一次采用星形接法，有

$$U_{1a} = \frac{U_{11}}{\sqrt{3}}$$

可以得到

$$U_0 = 0.78U_{11}\frac{N_2}{N_1}$$

式中　U_{11}，U_{1a}，U_{21}，U_{2a}——主变压器一次和二次线电压和相电压；
　　　　N_1，N_2——主变压器一次和二次绕组匝数。

由上式可知，改变主变压器一、二次绕组匝数 N_1、N_2，都可调节输出电压。由于一次绕组导线较细，设置抽头比较简单，故常采用一次绕组抽头调节输出电压。有时为了扩大调节范围也配合以二次绕组抽头，作为粗调，这种调节方式为有级调节。为能均匀调节，可采用滑动变压器式，即将主变压器初级绕组线包外层铣出一个平面，让导线金属外露，用电刷与其接触滑动，以便均匀改变初级绕组匝数。

输出电抗器 L 虽然起滤波作用，但主要是用来控制短路电流上升速度，以减小焊接时金属的飞溅，保证焊缝成形良好。为此，L 通常应有多个抽头，以调节电感量。

2. 特点及应用范围

① 结构简单、节省材料、易于制造、使用可靠。

② 具有平的外特性，空载电压较低，与电弧电压近于相等，有时难于引弧。

③ 调节电压是有级的，且不宜在负载的情况下调节，也不能进行远距离调节。

④ 不能补偿电网电压波动对输出电压的影响。

抽头式弧焊整流器具有简易、经济、可靠的优点，当前在国内外广泛用作 CO_2 气体保护电弧焊的电源。国内型号应用比较广泛的有 CD-200、ZPG-200、NBC3-200、ZPG8-250 型等。

第四节　磁放大器式硅弧焊整流器

磁放大器是一种常用的电磁控制元件。在磁放大器式硅弧焊整流器中，磁放大器是其中的一个主要部件，利用它可以使弧焊整流器获得所需要的外特性（下降特性或平特性），并用来相应控制和调节焊接电流或焊接电压，因而对弧焊整流器的性能有重要的影响。下面先介绍磁放大器的结构和作用。

一、磁放大器的结构和作用

1. 单铁芯式磁放大器的结构

单铁芯式磁放大器的电路如图 3-5 所示，由该图可知，单铁芯式磁放大器主要由三部分组成：闭合铁芯、匝数较多的控制绕组 L_K（或称直流绕组、励磁绕组）、匝数较少的交流绕组 L_j（或称工作绕组）。L_K 两端加直流控制电压 U_K，则流过直流控制电流 I_K，$I_K N_K$ 便产生控制磁通 Φ_K。L_j 接在交流电路中，流过它的电流为负载电流 I_f，由 $I_f N_j$ 产生工作磁通 Φ_j。Φ_K、Φ_j 均通过铁芯而闭合。直流磁动势 $I_K N_K$ 与交流磁动势 $I_f N_j$ 共同磁化铁芯。

图中，黑点"·"表示各绕组的同名端。当电流都从同名端流进或流出时，两个绕组产生的磁通 Φ_K 与 Φ_j 方向相同。

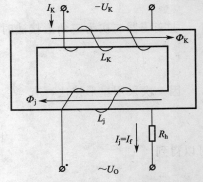

图 3-5　单铁芯式磁放大器的电路

2. 单铁芯磁放大器的工作原理

前面已经讲到，描写磁感应强度 B 和磁场强度 H 之间关系的曲线称为磁化曲线，如图

3-6 所示。由图可知，铁磁材料的磁化曲线是非线性的。当 H 较小时，随着 H 的增大，B 的增加速度较快。但当 H 增大到一定数值后，随着 H 的增大，B 的增加速度显著减慢，这种现象称为饱和。B 越大，铁芯越饱和，这一特性是磁放大器的工作基础。

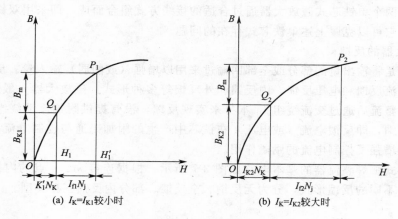

图 3-6　磁化曲线

在图 3-6(a) 所示磁化曲线中，当磁放大器所加直流控制电流 $I_K=I_{K1}$ 较小时，磁动势 $I_{K1}N_K$ 很小，则在铁芯中产生一个较小的磁感应强度 B_{K1}，在磁化曲线上得到一起始工作点 Q_1，对应的磁场强度为 H_1。可以推导，正常焊接时，加在交流绕组两端的电压 U_j 一定，由于交流电源频率 f 交流绕组匝数 N_j 以及铁芯横截面积 S 均为定值，故交流电流 I_f 产生的最大磁感应强度 B_m 是固定的。而铁芯是由直流磁动势 $I_{K1}N_K$ 与交流磁动势 I_fN_j 共同磁化的，所以铁芯的实际磁通密度为（B_m+B_{K1}），即实际的工作点为磁化曲线上的 P_1 点，相应的磁场强度为 H_1'。同理，当控制电流增大到 $I_K=I_{K2}>I_{K1}$ 时，起始工作点为 Q_2，对应的磁通密度为 B_{K2}，则实际工作点在 P_2 点，如图 3-6(b) 所示。由图 3-6 可知，图(a) 中的 B_m 是由交流磁动势 $I_{f1}N_j$ 产生的，图(b) 中的 B_m 是由交流磁动势 $I_{f2}N_j$ 产生的，显然，$I_{f2}>I_{f1}$，这主要是由磁化曲线的非线性造成的。也就是说，当控制电流 I_K 有一个较小的变化（从 I_{K1} 增大到 I_{K2}），可以使交流绕组中电流 I_f 发生较大的变化（从 I_{f1} 增加到 I_{f2}），即单铁芯磁放大器通过改变控制电流 I_K 就可改变铁芯的饱和程度，从而实现负载电流 I_f 的调节。

上述结论也可用有关公式定量分析推导出来，具体推导过程此处略。

实际应用中由于 $N_K \gg N_j$，故控制电流 I_K 由 0 变化到几安培时，可以引起交流电流 I_f 从几十到几百安培的变化，这就是磁放大器命名的由来。

3. 单铁芯磁放大器的缺点与改善措施

单铁芯磁放大器有如下缺点：

① 单铁芯磁放大器的铁芯是由直流磁动势 $I_K N_K$ 和交流磁动势 $I_f N_j$ 共同磁化的，而任意时刻控制磁通 Φ_K 的方向始终不变。则在正半波时，铁芯总磁通 $\Phi=\Phi_K+\Phi_j$，铁芯趋于饱和；负半波时，铁芯总磁通 $\Phi=\Phi_K-\Phi_j$，铁芯不饱和。这样，正负半波时铁芯的磁导率不同，将会引起负载电流 I_f 正负半波不对称，I_f 的波形发生较大畸变，而不利于焊接。

② 负载电流 I_f 是交变的，在铁芯中产生的交变磁通 Φ_j 既穿过 L_j 也穿过 L_K，会在 L_K

中感应出交变电动势，在控制绕组中产生交变环流。它会影响磁放大器的正常工作，增加损耗，带来一系列不良后果。

由于存在这些缺点，单铁芯式磁放大器是不实用的，必须要在结构上进行改进。一般采用的方法是用两个单铁芯式磁放大器通过合适的接线方式组合而成，即采用双铁芯式磁放大器这种结构，它可以克服上述单铁芯式存在的问题。

4. 磁放大器的反馈

反馈，就是将输出量的部分或全部回输过来用以增强（或削弱）输入量。反馈有正反馈和负反馈、电流反馈和电压反馈、内反馈和外反馈等多种形式。磁放大器一般都是内反馈，即输出量经过整流后通过交流绕组 L_j 本身来实现反馈，没有提供附加反馈绕组。磁放大器一般采用正反馈，即反馈电流（或电压）在铁芯中产生的附加磁通与控制电流 I_K 产生的磁通方向一致，增强了控制电流的励磁作用。

磁放大器式弧焊整流器的基本电路如图 3-7 所示，根据连接 m、n 点的内桥电阻 R_n 值的不同，获得不同的反馈形式，分为无反馈、全反馈、部分内反馈三种类型。

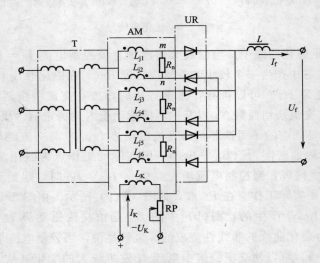

图 3-7　磁放大器式弧焊整流器的基本电路

二、无反馈磁放大器式弧焊整流器

1. 主电路

当内桥电阻 R_n 值为零时（即 m，n 点短接），属于无反馈磁放大器式弧焊整流器，其基本电路如图 3-8 所示，它主要由三相正常漏磁式平特性主变压器 T、三相无反馈式磁放大器 AM、硅整流器件组 UR 和输出电抗器 L 组成。每相的两个交流绕组 L_j 多采用串联结构，有时也可以采用并联结构。

2. 外特性与控制特性

无反馈磁放大器式弧焊整流器具有陡降外特性，主要靠无反馈式磁放大器获得。调节磁放大器控制绕组 L_K 的直流电流 I_K 的大小即可实现对焊接电流的调节。

3. 产品介绍

国产的无反馈磁放大器式弧焊整流器有 ZXG7-300、ZXG7-500 及 ZXG7-300-1 型，这三

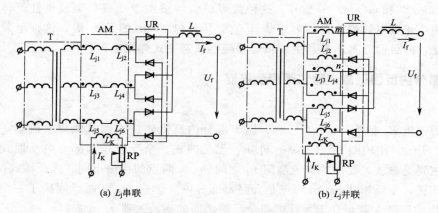

(a) L_j串联　　　　　　　　(b) L_j并联

图 3-8　无反馈磁放大器式弧焊整流器的基本电路

种都可用于焊条电弧焊，最后一种还可用于钨极氩弧焊。

三、全反馈磁放大器式弧焊整流器

1. 主电路

当内桥电阻 R_n 值为无穷大时（即 m，n 点断开），属于全反馈磁放大器式整流器，其基本电路如图 3-9 所示，与图 3-8(b) 所示的无反馈的基本电路相比较，二者都由主变压器 T、硅整流元件组 UR 和输出电抗器 L 组成，其主要差别就在于磁放大器 AM 上，在无反馈式磁放大器中 m、n 两点是用一根导线短接的，而全反馈式磁放大器中 m、n 两点是断开的。正是由于这种差别，就造成了这两种电源在工作原理与性能上的差别。

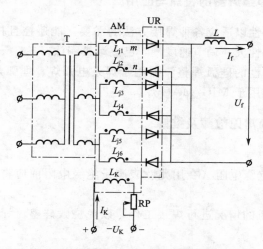

图 3-9　全反馈磁放大器式整流器的基本电路

2. 外特性与控制特性

全反馈磁放大器式弧焊整流器具有恒压外特性，通过改变控制电流 I_K 的大小调节整流输出电压 U_f 的高低。

3. 产品介绍

全反馈磁放大器式整流器在国内外应用较普遍。国内定型产品有 ZPG1-500、ZPG1-

1500、ZPG2-500 和 GD-500 等型号。这种弧焊整流器适用于二氧化碳或惰性气体、混合气体保护下的熔化极电弧焊。尤其对于焊丝直径小于 ϕ1.6mm 的 CO_2 焊，这种电源的应用一度十分广泛，但目前已基本被晶闸管弧焊整流器或逆变式焊接电源替代。

四、部分内反馈磁放大器式弧焊整流器

1. 主电路

当内桥电阻 R_n 值为（0～∞）时，属于部分内反馈磁放大器式弧焊整流器，其基本电路如图 3-7 所示。比较图 3-7～图 3-9 可知，无反馈式、全反馈式和部分内反馈式在结构上的差别，主要是磁放大器中的交流绕阻 L_j 之间 m、n 两点的接法不同。无反馈式的 m、n 两点是短路连接，全反馈式 m、n 两点是开路，部分内反馈式 m、n 两点间接了一个内桥电阻 R_n，它所用的磁放大器是介于无反馈与全反馈之间的磁放大器。

2. 外特性与控制特性

部分内反馈磁放大器式弧焊整流器具有下降外特性，改变内桥电阻 R_n 的阻值，可改变外特性的陡度。调节磁放大器控制绕组 L_K 的电流 I_K 的大小即可实现对焊接电流的调节。

3. 产品介绍

部分内反馈磁放大器式弧焊整流器，国内定型产品有 ZXG-300、ZXG-400 及 ZXG-500 等型号，以上产品具有下降外特性，可用作焊条电弧焊和钨极氩弧焊的直流电源。另外还有可兼获下降和平外特性的多特性弧焊整流器，定型产品有 ZDG-500-1、ZDG-1000R、ZPG-1000 等，可用于焊条电弧焊、埋弧焊、二氧化碳气体保护电弧焊等。

五、磁放大器式弧焊整流器的特点与应用

可制成各种形状外特性以适应各种焊接方法的需要，能遥控且控制方便，但结构复杂、质量大、用料多，且磁惯性大，调节速度慢，已逐渐被淘汰。

具有下降或恒流外特性的硅弧焊整流器用于焊条电弧焊、埋弧焊和 TIG 焊等；具有恒压外特性的硅弧焊整流器用于 MIG/MAG 焊。

六、硅弧焊整流器的常见故障及维修

1. 整机的使用和维护

① 定期检查焊机的绝缘电阻（在用兆欧表测量绝缘电阻前应将硅整流元件的正负极用导线短路）。

② 焊机不得在不通风的情况进行焊接工作，以免烧毁硅整流元件。安放焊机的附近应有足够的空间使排风良好。

③ 焊机切忌剧烈振动，更不允许对焊机敲击，因这样会损坏磁放大器，使焊机性能变坏，甚至不能使用。

④ 应避免焊条与焊件长时间短路，以免烧毁焊机。

⑤ 保持焊机清洁与干燥，定期用低压干燥的压缩空气进行清扫。

2. 常见故障及排除

硅弧焊整流器常见的故障及维修方法见表 3-1。

表 3-1　硅弧焊整流器常见的故障及维修方法

故　障	原　因	维 修 方 法
焊机外壳带电	1. 电源线误碰机壳 2. 变压器、电抗器、风扇及控制线路元件等碰机壳 3. 未接安全接地线或接触不良	1. 检查并消除碰机壳处 2. 消除碰机壳处 3. 接妥接地线
空载电压过低	1. 电网电压过低 2. 变压器绕组短路 3. 磁力启动器接触不良 4. 焊接回路有短路现象	1. 调整电压至额定值 2. 消除短路现象 3. 使之接触良好 4. 检查焊机地线和焊枪线,消除短路处
启动时电源熔丝烧断	1. 硅整流元件被击穿造成短路 2. 电源变压器初级线圈与铁芯短路 3. 焊机动力线接线板极因尘灰堆积,受潮后将板面击穿而短路	1. 更换损坏的硅整流元件 2. 修复变压器,消除短路 3. 更换接线板或将接线板表面碳化层刮干净
焊接电流调节失灵	1. 控制绕组短路 2. 控制回路接触不良 3. 控制整流回路元件击穿	1. 消除短路处 2. 使接触良好 3. 更换元件
机壳发热	1. 主变压器初级绕组或次级绕组匝间短路 2. 相邻的磁放大器交流绕组间相互短接,可能是卡进了金属杂物 3. 一个或几个整流二极管被击穿 4. 某一组(3 只)整流二极管散热器相互导通,散热之间不能相连接,如中间加的绝缘材料不好,或是散热器上留有螺母等金属物,造成短路	1. 排除短路情况,次级绕绕在线圈外层,导线上不带绝缘层,出现短路的可能性更大 2. 消除磁放大器交流绕组间隙中卡进的螺栓、螺钉等金属物 3. 更换损坏的整流二极管 4. 更换二极管散热器间的绝缘材料,清除散热器上留有的螺栓、螺母等金属物
焊接电流不稳定	1. 主回路交流接触器抖动 2. 风压开关抖动 3. 控制回路接触不良,工作失常	1. 消除交流接触器抖动 2. 消除风压开关抖动 3. 检修控制回路
按下启动开关,焊机不启动	1. 电源接线不牢或接线脱落 2. 主接触器损坏 3. 主接触器触点接触不良	1. 检查电源输入处的接线是否牢固 2. 更换主接触器 3. 修复接触处,使之良好接触或更换主接触器
工作中焊接电压突然降低	1. 主回路全部或部分短路 2. 整流元件击穿短路 3. 控制回路断路或电位器未整定好	1. 修复线路 2. 更换元件,检查保护线路 3. 检修调整控制回路
风扇电机不转	1. 熔断器熔断 2. 电动机引线或绕组断线 3. 开关接触不良	1. 更换熔断器 2. 接妥或修复 3. 使接触良好或更换开关
电表无指示	1. 电表或相应接线短路或断线 2. 主回路故障 3. 饱和电抗器和交流绕组断线	1. 修复电表及线路 2. 排除故障 3. 排除故障
动圈式弧焊整流器电流冲击不稳定	1. 推力电流调整不合适 2. 整流元件出现短路,交流成分过大	1. 重新调整推力电流值 2. 更换被击穿的整流元件
动圈式弧焊整流器引弧困难	1. 空载电压不正常,故障在主电路中,整流二极管断路 2. 交流接触器的 3 个主触点有一个接触不良	1. 更换已损坏的整流二极管 2. 修复交流接触器,使接触良好或更换新的交流接触器
动圈式弧焊整流器输出电流不稳定	1. 焊接回路中的机外导线接触不良 2. 调节电流的传动螺杆、螺母磨损后配合不紧,在电磁力作用下,动线圈由一个部件移到另一个部件	1. 通过外观检查或根据引弧情况来判断焊接回路的导通情况,紧固连接部位 2. 查找并更换磨损的螺杆、螺母

习　题

3-1　直流弧焊发电机的基本工作原理是什么？

3-2　直流弧焊柴（汽）油发电机有何特点？

3-3　硅弧焊整流器由哪几部分组成？各部分作用如何？

3-4　简述抽头式弧焊整流器的工作原理。

3-5　动圈式弧焊整流器和抽头式弧焊整流器各有什么特点？

3-6　抽头式硅弧焊整流器用作 CO_2 焊机的电源具有哪些优点？

3-7　磁放大器有什么作用？

3-8　无反馈式、全反馈式和部分内反馈式磁放大器整流器有什么区别？它们各具有什么样的外特性？它们适用于什么焊接方法？

3-9　有一台 ZXG1-400 型硅弧焊整流器，它的浪涌电路失灵，试问此电路在焊机中有何作用？应怎样检修？

3-10　硅弧焊整流器在工作中焊接电压突然降低，试分析其可能的原因。

第四章　晶闸管弧焊整流器

本章主要讲述晶闸管弧焊整流器的有关内容。通过本章的学习，要求掌握晶闸管弧焊整流器的外特性及其调节特性；理解其基本电路及工作原理图；了解其主电路的工作原理。

晶闸管弧焊整流器是 20 世纪 60 年代初期出现的新型直流弧焊电源，它属于电子控制型弧焊电源。由于其本身具有理想的外特性和优良的动特性，容易实现遥控、网压补偿、过载保护、热启动以及具有引弧容易、性能柔和、电弧稳定、飞溅少等优点，因而被列为更新换代产品，是目前一种主要的直流弧焊电源，并在逐步取代磁放大器式弧焊整流器。随着逆变技术及 IGBT 等新型电子元器件在焊机中的应用，逆变式焊接电源在某些场合部分替代了晶闸管弧焊整流器。但目前晶闸管弧焊整流器在可靠性方面仍有一定优势。

第一节　晶闸管弧焊整流器概述

一、晶闸管弧焊整流器的工作原理与主要组成

晶闸管弧焊整流器的工作原理图如图 4-1 所示，它由电子功率系统和电子控制系统组成。电子功率系统又称弧焊电源的主电路，是由主变压器 T、晶闸管整流器 UR 和直流输出电抗器 L 组成。图中余下部分为电子控制系统，其中 AT 为晶闸管触发脉冲产生及驱动电路，C 为电子控制电路。U_{gi}、U_{gu} 分别是电流、电压给定信号，U_{fi}、U_{fu} 分别是电流、电压反馈信号，U_K 为电子控制电路产生的控制信号。

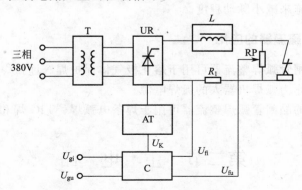

图 4-1　晶闸管弧焊整流器的工作原理图

晶闸管弧焊整流器输出电压和电流的大小取决于整流器中晶闸管的导通角，晶闸管的导通角愈大，弧焊电源输出电压和电流愈大。晶闸管导通角的大小是由其触发脉冲的相位决定的，而触发脉冲的相位是由电流给定信号 U_{gi}、电压给定信号 U_{gu} 和电流反馈信号 U_{fi}、电压反馈信号 U_{fu} 通过电子控制电路 C 比较和放大后得到的控制信号 U_K 所确定的。U_K 的大小决定晶闸管触发脉冲的相位，也就决定了晶闸管导通角的大小。通过对 U_K 的控制，可以控制晶闸管弧焊整流器的输出特性。

二、晶闸管弧焊整流器的主要特点

1. 控制性能好

晶闸管弧焊整流器属于目前较先进的电子控制型弧焊电源，它可以用很小的触发功率来控制整流器的输出，并具有电磁惯性小的特点，因而易于控制。通过不同的反馈方式可以获得所需的各种外特性形状。电流、电压可在较宽的范围内均匀、精确、快速地调节，并且易于实现对电网电压的补偿，可用作弧焊机器人的配套电源。

2. 省材节能

与磁放大式硅弧焊整流器相比，晶闸管弧焊整流器没有磁放大器；与直流弧焊发电机相比，晶闸管弧焊整流器无原动机，没有机械损耗，输入功率较小，其效率、功率因数较高，故具有省材、节能的特点。

3. 动特性好

与硅弧焊整流器相比，内部电感小，所以具有电磁惯性小、响应速度快的特点，可获得较满意的动特性。

4. 噪声小

与直流弧焊发电机相比，无旋转运动的部分，噪声明显减小。

5. 电路复杂

除主电路和控制电路外，还有触发电路，使用的电子元件较多，这对电源的可靠性有很大影响，同时对电源的调试和维修的技术要求也很高。

6. 存在整流波形脉动问题

晶闸管弧焊整流器是通过改变晶闸管的导通角来调节电流和电压的，因此它的电流电压波形脉动问题比硅弧焊整流器要大。尤其是小参数焊接时，导通角较小，整流波形脉动加剧，引起电弧不稳定。可以采取并联高压引弧电源、并联维弧电路、采用直流电抗器和选用合适的整流电路等措施来减小脉动程度。

三、晶闸管弧焊整流器的应用

具有平特性的晶闸管弧焊整流器可用于熔化极气体保护焊、埋弧焊以及对控制性能要求较高的数控焊，并可作为弧焊机器人的弧焊电源。

具有下降外特性的晶闸管弧焊整流器可用于焊条电弧焊、TIG 焊和等离子弧焊。

第二节 主 电 路

晶闸管弧焊整流器的主电路有三相桥式半控电路、三相桥式全控电路、六相半波可控电路和带平衡电抗器的双反星形可控整流电路四种主要形式。

一、三相桥式半控整流电路

1. 电阻性负载

其电路如图 4-2 所示，T 为变压器，整流电路由三个晶闸管 VH_1、VH_3、VH_5 和三个二极管 VD_2、VD_4、VD_6 组成，R_f 为负载，整流元件分为两组：一组是三个晶闸管阴极连接在一起，称为共阴极组，三个晶闸管的阳极分别接在三相电源上；另一组是三个二极管的阳极连接在一起，称为共阳极组，三个二极管的阴极分别接在三相电源上。变压器的二次电路在任何时刻，阴极组总有一个晶闸管的阳极电位最高，若在其门极加触发脉冲，它就被触发导通；在任何时刻阳极组也总有一个二极管的阴极电位最低而处于导

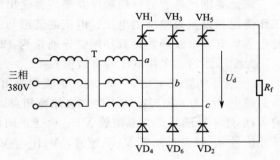

图 4-2　电阻性负载的三相桥式半控整流电路

通状态。故总是有一个阳极电位最高而且由触发脉冲触发导通的晶闸管和一个阴极电位最低的整流二极管串联构成通路。两组元件只有一组为晶闸管，故称为半控整流电路。下面具体分析其工作原理。

① 当晶闸管控制角（又称晶闸管触发延迟角）$\alpha = 0°$ 时，整流电路波形如图 4-3 所示，图（a）为相电压；图（b）为负载电压；图（c）为触发脉冲；图（d）为管子导通顺序。$\alpha = 0°$，即分别在共阴极组自然换向点 ωt_1、ωt_3、ωt_5 触发三只晶闸管 VH_1、VH_3、VH_5，使其轮流导通。而整流器三个二极管在共阳极组自然换向点 ωt_2、ωt_4、ωt_6 处自然换相。

在 $\omega t_1 \sim \omega t_2$ 时间内，u_b 电位最低，阴极与它连接的 VD_6 处在导通状态，这样使晶闸管 VH_1 处于线电压 u_{ab} 的正向作用，于是在 ωt_1 时刻加入触发脉冲信号 u_{g1} 触发共阴极组中的晶闸管 VH_1 导通，VH_1 与 VD_6 一起导通，忽略 VH_1 和 VD_6 的导通压降，此时整流输出电压 $u_d = u_{ab}$。VH_1 管被触发导通后，因为 u_a 电位最高，所以 VH_3、VH_5 承受反向电压而截止；VD_6 导通后，电位最低，所以 VD_2、VD_4 两管承受反向电压而截止。

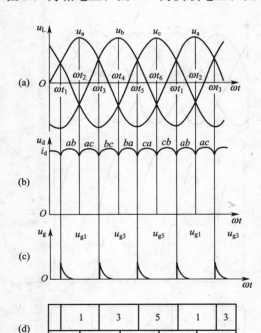

图 4-3　$\alpha = 0°$电阻性负载三相桥式半控整流波形

在 $\omega t_2 \sim \omega t_3$ 时间内，VH_1 管继续导通，但从 ωt_2 开始，u_c 电位最低，与 c 相连接的 VD_2 管导通，就是说在 ωt_2 时刻二极管 VD_2 与 VD_6 自然换相，VD_2 导通，VD_4、VD_6 两管承受反向电压而关断，此时整流输出电压 $u_d = u_{ac}$。

在 $\omega t_3 \sim \omega t_4$ 时间内，从波形图可以看到，从

ωt_3 时刻开始，u_b 电位最高，此时晶闸管 VH$_3$ 受到触发脉冲信号 u_{g3} 的触发而导通，而 VH$_1$ 承受反向电压而关断，VH$_3$ 与 VD$_2$ 一起导通，此时整流输出电压 $u_d = u_{bc}$。

从 ωt_4 时刻开始，u_a 电位最低，与 a 相连接的 VD$_4$ 管导通，就是说在 ωt_4 时刻二极管 VD$_2$ 与 VD$_4$ 自然换相，VD$_4$ 导通，VD$_2$、VD$_6$ 两管承受反向电压而关断，在 $\omega t_4 \sim \omega t_5$ 时间内整流输出电压 $u_d = u_{ba}$。

依此类推，各管的导通顺序及整流器输出的电压和电流波形如图 4-3 所示。整流电路的工作情况和整流器输出的电压、电流的波形与三相不可控桥式电路相同，称为全导通状态，每个周期有 6 个波峰，每只晶闸管导通角为 120°，整流电压的平均值最大，其值为 $2.34U_2$（U_2 为变压器的二次相电压的有效值）。

② 当晶闸管控制角 $\alpha = 30°$ 时，整流器输出电压、电流波形如图 4-4 所示。

图中 ωt_1 为 c 相与 a 相正半波自然换相点以后 30° 时刻，此时 u_b 电位最低，与 b 相连接的 VD$_6$ 处于导通状态，晶闸管 VH$_1$ 承受正向电压为线电压 u_{ab}，于是在 ωt_1 时刻加入触发脉冲信号 u_{g1} 触发晶闸管 VH$_1$ 导通，VH$_1$ 与 VD$_6$ 一起导通，在 $\omega t_1 \sim \omega t_2$ 时间内整流输出电压 $u_d = u_{ab}$。

在 $\omega t_2 \sim \omega t_3$ 时间内，VH$_1$ 管继续导通，在 ωt_2 时刻，二极管 VD$_6$ 与 VD$_2$ 自然换相，VD$_2$ 导通，VD$_4$、VD$_6$ 两管承受反向电压而关断，此时整流输出电压 u_d 由 u_{ab} 转换为 u_{ac}。

在 ωt_3 时刻（a 相与 b 相正半波自然换向点以后 30°），晶闸管 VH$_3$ 受到触发脉冲信号 u_{g3} 的触发而导通，而 VH$_1$ 承受反向电压而关断，此时整流输出电压 u_d 由 u_{ac} 转换为 u_{bc}。

在 ωt_4 时刻，二极管 VD$_2$ 与 VD$_4$ 自然换相，VD$_4$ 导通，VD$_2$、VD$_6$ 两管承受反向电压而关断，在 $\omega t_4 \sim \omega t_5$ 时间内整流输出电压 u_d 由 u_{bc} 转换为 u_{ba}。

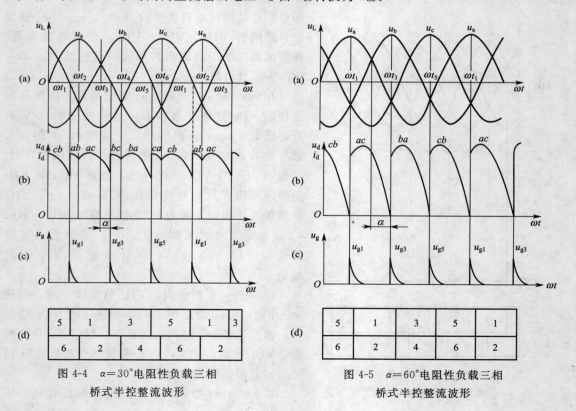

图 4-4　$\alpha = 30°$电阻性负载三相　　　　　图 4-5　$\alpha = 60°$电阻性负载三相
桥式半控整流波形　　　　　　　　　　桥式半控整流波形

依此类推。从输出电压的波形来看，每个周期内有 6 次较大的脉动，而且脉动是不均匀的，在 ωt_1、ωt_3、ωt_5 时刻对应波头缺少了一部分，使输出电压的平均值下降。

③ 当晶闸管控制角 $\alpha=60°$ 时，整流器输出电压、电流波形如图 4-5 所示。$\alpha=60°$，即在滞后于自然换相点 60°处触发晶闸管。其特点是，在触发晶闸管时，正好是二极管的自然换相点，所以晶闸管与二极管同时换相。

在 ωt_1 时刻（c 相与 a 相正半波自然换相点以后 60°处），是 b 相与 a 相负半波自然换相点，整流二极管 VD_6 与 VD_2 自然换相，晶闸管 VH_1 承受正向电压为线电压 u_{ac}，这时由触发脉冲信号 u_{g1} 触发 VH_1，VH_1 与 VD_2 同时导通，此时整流输出电压 $u_d=u_{ac}$。

直至过了 120°，在 ωt_3 时刻（a 相与 b 相正半波自然换向点以后 60°，c 相与 a 相负半波自然换相点处），$u_{ac}=0$，VH_1 关断；同时晶闸管 VH_3 受触发脉冲信号 u_{g3} 的触发而导通，VD_2 与 VD_4 自然换相，变为 VH_3 和 VD_4 同时导通，整流输出电压 $u_d=u_{ba}$。依此类推，可得到图 4-5（b）所示波形。由图 4-5 可以看出，$\alpha=60°$ 是该电路整流电压、电流波形连续的临界点。若继续增大 α，则由于某一线电压为零时，前一晶闸管已经关断，后一晶闸管尚未受到触发而不能导通，直至下一触发脉冲到来时，晶闸管导通才能继续接通整流电路，这就使整流电压、电流波形出现间断。随着 α 的增大，只要将图 4-5（b）的波形图中垂直线部分往右移动，即可得到不同 α 时的电压、电流输出波形。

输出电压平均值 U_d 与控制角 α 的关系如下。

$$U_d=2.34U_2\frac{1+\cos\alpha}{2}$$

式中，U_2 是变压器二次相电压的有效值。当 $\alpha=0°$ 时，即晶闸管全导通时，$U_d=2.34U_2$，随着 α 增大，U_d 减小；当 $\alpha=180°$ 时，$U_d=0$，即输出负载短路。α 角是从换相点开始算起，如图 4-4 所示，可见触发电压的移相范围为 30°～150°，即这种整流电路从空载到短路要求触发移相范围为 120°。

三相桥式半控整流电路在电阻性负载情况下，当 $\alpha\geqslant60°$ 时，u_d、i_d 波形在一个周期只有 3 个波峰，脉动较大，甚至会出现不连续，因而在电弧焊中是不适用的。

2. 电阻电感性负载

在上面分析中，假设负载是纯电阻性的，但在实际中，负载多为电阻电感性的。图 4-6 所示为电阻电感性负载时的三相桥式半控整流电路，其中 L 为直流滤波电路电抗器，而且 L 的电感量足够大。该电路更接近于实际的弧焊电源整流电路。

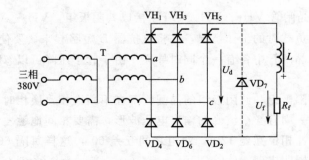

图 4-6　电阻电感性负载三相桥式半控整流电路

当 $\alpha\leqslant60°$ 时，整流电路的工作原理及整流波形与电阻性负载基本相同。

当 $\alpha \geqslant 60°$ 时，晶闸管 VH_1 被触发后，与 VD_2 一起导通，电流 i_d 经 $VH_1 \rightarrow L \rightarrow R_f \rightarrow VD_2$ 流通（参考图 4-5），整流器输出电压为 u_{ac}。过 ωt_3 以后，即到 a 相与 c 相负半波的自然换相点后，输出电压 $u_{ac} = 0$，但由于 L 产生的自上而下的电动势 $E_L = L di_d/dt$，其极性如图 4-6 所示。L 上的自感电动势 E_L 继续为 VH_1 提供正向阳极电压使其不能及时关断。而连接 a 相的 VD_4 的阴极电位比连接 c 相的 VD_2 的阴极电位低，所以此时 VD_4 与 VD_2 换相，VD_4 导通，电流 i_d 经 $L \rightarrow R_f \rightarrow VD_4 \rightarrow VH_1$ 构成回路而不致中断。VH_1 导通的时间取决于 L 中储存能量的大小，如果 L 的电感量足够大，可以延时到 VH_3 被触发为止。

这样，实际上对晶闸管导通角的大小失去了控制，为了避免此问题的产生，应在负载的两端接上续流二极管 VD_7。当整流电压 u_d 为零时，由 L 产生的自感电动势 E_L，由 L、R_f 和 VD_7 构成回路续流，可以使 i_d 不中断，又能使晶闸管按时关断。加续流管后，整流器输出的电压波形与电阻性负载相同。

三相桥式半控整流电路只用三只晶闸管和三个触发单元，因而线路比较简单、可靠、经济和容易调试。其整流变压器为普通三相变压器，易于制造。其主要缺点是调至低压小电流时波形脉动明显，需配备较大电感量的输出电感。

二、三相桥式全控整流电路

当 $\alpha \geqslant 60°$ 时，三相桥式半控整流电路在一个周期只有三个波峰，脉动较大。如果将三相桥式半控整流电路中的三个整流二极管 VD_2、VD_4、VD_6 换成三个晶闸管，就变成了三相桥式全控整流电路，如图 4-7 所示，其输出电压波形有较大的改善。

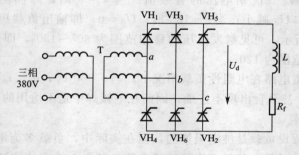

图 4-7　三相桥式全控整流电路

1. 电阻性负载

如图 4-7 所示，晶闸管 VH_1、VH_3、VH_5 接成共阴极组，VH_2、VH_4、VH_6 接成共阳极组。现讨论电阻性负载时的工作情况，先将电抗器 L 短路起来。要使负载 R_f 中有电流流过，必须让上述两组晶闸管中各有一个同时导通。由于管子压降可以忽略，负载上承受的是线电压。

整流过程中，共阳极组和共阴极组的晶闸管都在不断换相，换相时刻取决于产生触发脉冲的相位。为了获得一周有 6 个波峰的输出电压波形，需要相间地触发两组晶闸管，即要求同组晶闸管的触发脉冲相位互差 $120°$，两组之间互差 $60°$，这样每隔 $60°$ 按序触发一个晶闸管，输出电压的每个周期出现 u_{ab}、u_{ac}、u_{bc}、u_{ba}、u_{ca}、u_{cb} 六个波峰。

（1）当晶闸管控制角 $\alpha = 0°$ 时，即在自然换相点 $\omega t_1 \sim \omega t_6$ 上，由互差 $60°$ 的触发脉冲信号 $u_{g1} \sim u_{g6}$ 按序触发对应的晶闸管 $VH_1 \sim VH_6$ 的波形如图 4-8 所示。例如，在 ωt_1 时由 u_{g1}

触发 VH_1，而 VH_6 原先已触发导通。故由 VH_1 与 VH_6 串联导通，$u_d = u_{ab}$。过了 $60°$，在 ωt_2 处，由 u_{g2} 触发 VH_2 使其导通，这就使 VH_6 承受反向电压而关断，实现了 VH_6 和 VH_2 的换相，改由 VH_1 与 VH_2 串联导通，$u_d = u_{ac}$。依此类推。晶闸管导通顺序如图 4-8(d) 所示，u_d、i_d 波形如图 4-8(b) 所示。

必须指出，为使电路启动及在负载电流断续时都能正常工作，每当触发一个晶闸管时，同时也必须触发与其串联导通的另一个晶闸管。例如，在图 4-8 中 ωt_1 处，给出 u_{g1} 触发 VH_1 以启动整流电路，这时若不同时触发 VH_6，则单个晶闸管不可能导通。因此，应按管子同时导通的顺序，成对地给以触发脉冲。同理，对于 α 角较大、电流断续时，也有这种必要。为此可采用双窄脉冲触发或单宽脉冲触发方式。

① 采用双窄脉冲触发。如图 4-9(a) 所示，触发脉冲的宽度小于 $60°$，称为窄脉冲。相互间隔 $60°$ 的触发脉冲 $u_{g1} \sim u_{g6}$ 为基本脉冲，按序触发 $VH_1 \sim VH_6$，另外添补脉冲 $u'_{g1} \sim u'_{g6}$，在基本脉冲触发某一晶闸管的同时，以添补脉冲触发前一个晶闸管。

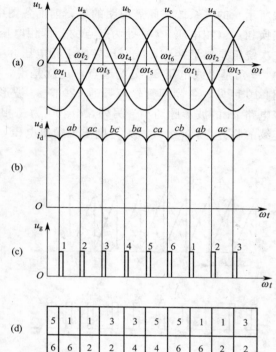

图 4-8　$\alpha = 0°$三相桥式全控整流电路波形

例如，u_{g1} 触发 VH_1 的同时，u'_{g6} 触发 VH_6；u_{g2} 触发 VH_2 的同时，u'_{g1} 触发 VH_1，依此类推。为实现图 4-8(d) 所示导通顺序，可按图 4-9(a) 所示顺序安排基本脉冲和添补脉冲。

② 采用单宽脉冲触发。如图 4-9(b) 所示，触发脉冲的宽度大于 $60°$，称为宽脉冲。图 4-9(b) 中 $u_{g1} \sim u_{g6}$ 相互间隔亦为 $60°$，为避免重合而将其画成两行，重叠部分用阴影表示。只要按序让 $u_{g1} \sim u_{g6}$ 触发对应的晶闸管 $VH_1 \sim VH_6$，即可实现图 4-8(d) 所示导通顺序。例如，以 u_{g1} 触发 VH_1 时，u_{g6} 尚未消失，它可将 VH_6 触发，保证 VH_1、VH_6 同时导通。过了 $60°$，u_{g2} 触发 VH_2 时，u_{g1} 尚未消失，即使 VH_1 已关断，它还可以再次触发 VH_1，而保证 VH_1、VH_2 同时导通，依此类推。实际上，单宽脉冲中起触发作用的是前后阴影所示重叠部分，它与双窄脉冲等效。

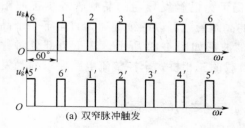

(a) 双窄脉冲触发

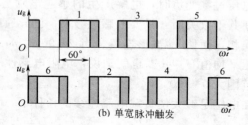

(b) 单宽脉冲触发

图 4-9　三相桥式全控整流电路触发方式

（2）当晶闸管控制角 $\alpha=60°$ 时，输出电压波形如图 4-10 所示。因为输出电压是由变压器各二次线电压组成，所以以图 4-10 中直接画出各线电压（虚线所示）与输出电压（黑粗实线所示）的关系。在此需说明的是，前面各图中晶闸管控制角 α 是以变压器二次相电压的自然换相点（相电压 $30°$）处为起点的，即相电压为 $30°$ 点是 $\alpha=0°$ 点。由于图 4-9 中，变压器二次绕组是星形接法，线电压导前于相电压 $30°$，所以在图 4-10 中，以线电压表示的波形图中，α 角是以线电压 $60°$ 处为起点，也就是说，线电压 $60°$ 处为自然换相点，即 $\alpha=0°$ 点。由图4-10 可见，各晶闸管轮流导通 $120°$，u_d 波形为每周期 6 个波峰，因此比三相桥式半控整流电路 u_d 的波形脉动小。另外，$\alpha=60°$ 为三相桥式全控整流电路在电阻性负载情况下电流连续的临界点，α 继续增大，则出现输出电压 u_d、电流 i_d 波形不连续。

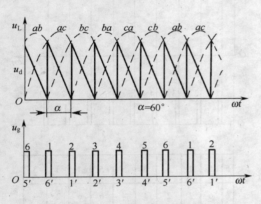

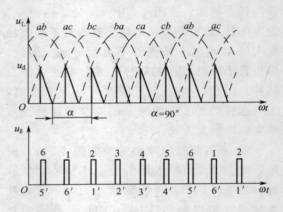

图 4-10 $\alpha=60°$电阻负载三相
桥式全控整流波形

图 4-11 $\alpha=90°$电阻负载三相
桥式全控整流波形

（3）当晶闸管控制角 $\alpha=90°$ 时，负载波形如图 4-11 所示。u_d 波形是不连续的，电流 i_d 波形与 u_d 成比例，也不连续。对比 $\alpha=0°$、$\alpha=60°$、$\alpha=90°$ 的 u_d 波形可知，随 α 角增大，输出电压平均值 U_d 将减小。由图可以看出，当 $\alpha=120°$，$u_d=0$，所以三相桥式全控整流电路在电阻性负载情况下，要求触发脉冲的移相范围为 $0°\sim120°$。

2. 电阻电感性负载

如图 4-7 所示，将直流输出滤波电抗器 L 接入电路中，即构成带电阻电感性负载的三相桥式全控整流电路。在 $0°\leq\alpha\leq60°$ 范围内，其工作情况及 u_d 波形与电阻性负载时相同。但由于有 L 的滤波作用，i_d 波形与 u_d 波形不成比例，由于有电感的滤波作用而变得平稳，当电感量较大时，i_d 波形趋于一水平线。

在 $\alpha>60°$ 时，在电阻性负载的情况下 u_d、i_d 波形出现断续。在电阻电感性负载情况下，当线电压过零变负时，电感产生的感应电动势仍可为已触发导通的晶闸管提供正向阳极电压，使其不致关断。只要电感足够大，已导通的晶闸管就可以继续导通，直至下一个晶闸管触发换相，而使 u_d 波形连续。当 $\alpha=90°$ 时 u_d 的波形如图 4-12 所示，其正负部分对称，输出电压平均值 $U_d=0$。也就是说，电阻电感性负载的三相桥式全控整流电路要求的触发脉冲移相范围为 $0°\sim90°$。

在电感足够大使负载电流连续的条件下，U_d 与 α 之间的关系为

$$U_d=2.34U_2\cos\alpha$$

当 $\alpha=0°$ 时，$U_d=2.34U_2$；当 $\alpha=90°$ 时，$U_d=0$。

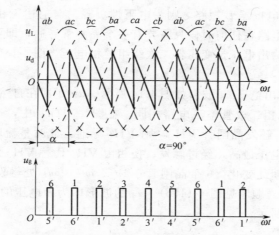

图 4-12　$\alpha=90°$ 电阻电感性负载三相桥式全控整流电压波形

由上述分析可知，三相桥式全控整流电路的输出电压每周期有 6 个波峰，脉动较小，所需配用的输出电感的电感量也较小。所用的变压器是通用的，易于制造。其缺点是要用 6 个晶闸管，6 套触发电路，使电路复杂，增加调试和维修的难度。该电路是目前应用较多的电路之一，美国米勒公司生产的焊机以及国内 ZX5-400B 型晶闸管弧焊整流器都采用了此电路。

三、六相半波可控整流电路

六相半波可控整流电路如图 4-13 所示。T 为三相变压器，铁芯有 3 个芯柱，每个芯柱上各有 1 个一次绕组和 2 个二次绕组（分别为 a、$-a$、b、$-b$ 和 c、$-c$）。每个芯柱的一次绕组连接三相电源中的一相，一次绕组采用三角形连接。每个芯柱上的一个二次绕组的同名端和另一绕组的异名端接在一起，然后采用三相星形连接。这样变压器的二次侧可以输出互差 $60°$ 的六相电压。每个二次绕组各串联一个晶闸管，六个晶闸管接成共阴极形式。在阴极和变压器中点 O 之间连接负载。这样连接的 $VH_1 \sim VH_6$ 只有当阳极电压最高且控制极加触发脉冲时才能导通。

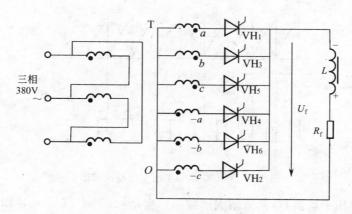

图 4-13　六相半波可控整流电路

1. 电阻性负载

将图 4-13 中的输出电抗器 L 短路，则为电阻性负载。与前述三相桥式全控整流电路不同，六相半波可控整流电路在任何时候只需要有一个晶闸管导通，即可将这一相的电压加到负载两端，整流电路的输出电压是变压器二次绕组的相电压。图 4-13(a) 中虚线所示为六相相电压波形。

当 $\alpha=0°$ 时，整流输出电压 u_d 波形如图 4-14 所示。$\alpha=0°$ 即在自然换相点处触发晶闸管，其输出电压 u_d 波形与六相二极管整流电路相同。在图 4-14(a) 中，过了 ωt_1，u_a 相电压最高，加脉冲触发信号 u_{g1} 触发晶闸管 VH$_1$，则 VH$_1$ 导通，此时整流电路输出电压 $u_d=u_a$。过了 ωt_2 则变成 $-u_c$ 相电压最高，经过触发、换相由 VH$_2$ 代替 VH$_1$ 导通，$u_d=-u_c$，依此类推。随着相电压的周期性变化，6 个晶闸管在 ωt_1、$\omega t_2 \cdots \omega t_6$ 处触发、换相，每个晶闸管导通 60°。6 个晶闸管导通顺序见图 4-14(b)。u_d 的波形即为相电压的包络线，有 6 个波峰，如图 4-14(a) 中粗实线所示。

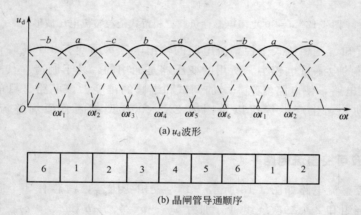

(a) u_d 波形

6	1	2	3	4	5	6	1	2

(b) 晶闸管导通顺序

图 4-14 $\alpha=0°$ 六相半波可控整流波形

当 $\alpha=60°$ 时，整流输出电压 u_d 波形如图 4-15 所示。由图 4-15 可知，$\alpha=60°$ 时的电压、电流值为电压、电流波形连续的临界值，继续增大 α，u_d 和 i_d 波形将出现不连续。

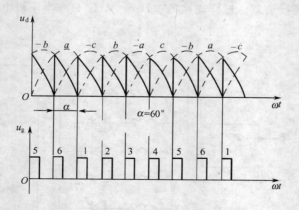

图 4-15 $\alpha=60°$ 六相半波可控整流波形

可见，输出电压平均值 U_d 随 α 增大而减小。当 $\alpha=120°$ 时，$U_d=0$，即六相半波电阻性负载可控整流电路要求的触发脉冲移相范围为 0°～120°。

2. 电阻电感性负载

将图 4-13 中的电抗器 L 接入电路，成为电阻电感性负载。接入 L 后，由于 L 的自感电动势影响，在 α 较大时，输出电压 u_d 不连续，而输出电流 i_d 可以连续，即当变压器二次相电压为负时，L 产生的感应电动势仍可维持已经触发导通的晶闸管继续导通。L 的电感值愈大，i_d 波形愈平直。

在 L 足够大，使得负载电流连续的条件下，当 $\alpha=0°$ 时，U_d 输出最大；当 $\alpha=90°$ 时，如图 4-16 所示，粗实线表示的是 $\alpha=90°$ 时 u_d 的波形，可见，此时输出电压平均值 U_d 为零，即在大电感电阻性负载条件下，该整流电路要求的触发脉冲移相范围为 $90°$。

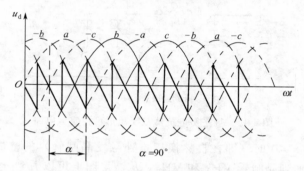

图 4-16　$\alpha=90°$ 时六相半波可控整流波形

六相半波可控整流电路与三相桥式全控整流电路一样，都要用 6 只晶闸管，整流波形也相似，每周有 6 个波峰。六相半波可控整流电路触发电路比较简单，每个晶闸管在一个周期内最多只导通 $60°$，而三相桥式全控整流电路为每个晶闸管在一个周期内最多可导通 $120°$，因而六相半波可控整流电路的变压器和晶闸管的利用率较低。该电路在功率较大的弧焊电源中得到了应用。

四、带平衡电抗器双反星形可控整流电路

三相桥式全控整流电路是两组三相半波可控整流电路的串联，其变压器和晶闸管的利用率高，但整流电流要流过两个整流元件，有两个管子压降损耗，使效率降低。六相半波可控整流电路，在任一瞬间只能有阳极电压最高的一只晶闸管被触发导通，其余 5 只晶闸管均承受反向电压而关断。每只晶闸管的最大导通角为 $60°$，其变压器和晶闸管的利用率较低。为了克服上述整流电路的缺陷，可以采用如图 4-17 所示的带平衡电抗器双反星形可控整流电路。

如图 4-17 所示，带平衡电抗器的双反星形可控整流电路，有共阴极连接和共阳极连接两种形式，其电路结构及工作原理基本相同。该整流电路由三相主变压器 T、平衡电抗器 LB 和 6 个晶闸管组成。其三相主变压器与六相半波可控整流电路中的变压器相同，每一相的二次侧都有两个绕组，都接成星形，同名端相反，其对应的电压波形相位也相反，故称为双反星形。图 4-17 中，变压器二次侧的 a、b、c 相的电压分别与 $-a$、$-b$、$-c$ 相的电压反相，VH_1、VH_3、VH_5 构成的三相半波可控整流电路称为正极性组，VH_2、VH_4、VH_6 构成的三相半波可控整流电路称为反极性组。平衡电抗器 LB 是一个带有中心抽头的铁芯线圈，抽头 O 两侧的线圈匝数相等，则两边的电感量相等。在任一侧线圈中有交流电流通过时，抽头 O 两侧的线圈中均会感应出大小相等、方向一致的感应电动势。实质上，该电路是通过平衡电抗器 LB 并联了 2 个三相半波可控整流电路，使电路中正极性组和反极性组始终各有一个晶闸管导通并联工作，同时向负载供电。

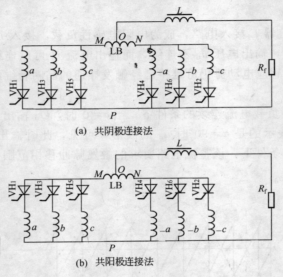

(a) 共阴极连接法

(b) 共阳极连接法

图 4-17 带平衡电抗器双反星形可控整流电路

图 4-18 是控制角 $\alpha = 0°$ 时（即在自然换相点处触发晶闸管）的整流波形。在 ωt_1 时刻，将触发脉冲信号同时加到晶闸管 VH_1 和 VH_6，从波形图上可以看到此刻 $u_{-b} > u_a$，如果没有平衡电抗器 LB，则被触发导通的只是 VH_6 管，由于 VH_6 的导通，VH_1 承受反向电压而关断。但加了平衡电抗器 LB 之后，VH_6 管被触发导通，它的导通电流从无到有逐渐增加，

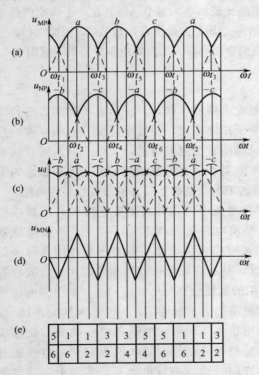

图 4-18 带平衡电抗器双反星形
整流波形（$\alpha = 0°$）

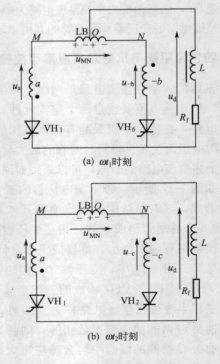

(a) ωt_1 时刻

(b) ωt_2 时刻

图 4-19 LB 上感应电动势
极性电动势极性

电流流经 LB 中的 *ON* 部分，在其一半绕组（*ON* 部分）中产生感应电动势，其值为 $u_{MN}/2$，其方向是阻止电流增长的方向，即 *O* 端为正，*N* 端为负，见图 4-19(a)。由于 LB 是一个整体，因此在另一半绕组（*OM* 部分）也将产生感应电动势 $u_{MN}/2$，它的方向是 *M* 端为正，*O* 端为负。由图 4-19(a) 可见，*ON* 部分绕组上的感应电动势与 u_{-b} 方向相反，而 *OM* 部分绕组上的感应电动势与 u_a 方向一致。因此平衡电抗器 LB 的作用是使 VH₆ 正向电压降低，使 VH₁ 管的正向电压提高，结果促使晶闸管 VH₁ 和 VH₆ 的阳极电位相同，可以被同时触发导通。

在 $\omega t_1 \sim \omega t_2$ 时间内，当经过 $u_a > u_{-b}$ 时刻，如果没有平衡电抗器 LB，又会出现 VH₁ 管导通而 VH₆ 管承受反向电压而关断。但由于 LB 的作用，使 VH₁ 管和 VH₆ 管承受大小相同的正向电压而继续导通，此时 $u_d = (u_a + u_{-b})/2$。

在 ωt_2 时刻，触发脉冲信号同时加到 VH₁ 和 VH₂ 的控制极，VH₂ 导通后迫使 VH₆ 管承受反向电压而关断。电路转换为 VH₁ 和 VH₂ 管同时导通，图 4-19(b) 表示了此时 LB 感应电动势的极性。其他时间段两组晶闸管导通及换相的情况分析可依此类推。

可见，接入平衡电抗器 LB 后，能使两组三相半波可控整流电路同时工作，即在任一瞬间，两组电路各有一只晶闸管同时导通，共同负担负载电流，每隔 60° 有一只晶闸管换相。各组中的每一只晶闸管仍按三相半波可控整流电路的导通规律轮流导通 120°。这样就能使流过晶闸管和变压器的二次电流的波纹系数降低。

图 4-20 为电阻性负载条件下，带平衡电抗器双反星形可控整流电路晶闸管控制角 $\alpha = 30°$ 时的整流电压波形。从图 4-20 可知，对于电阻性负载，$\alpha = 30°$ 是 u_{MP}、u_{NP} 波形连续的临界点。$\alpha > 30°$ 时，u_{MP}、u_{NP} 波形将不连续。

图 4-21 为电阻电感性负载条件下，带平衡电抗器双反星形可控整流电路 $\alpha = 60°$ 时的整流电压波形。由于电路中有电感，所以在 u_{MP} 和 u_{NP} 为负值时，晶闸管还能继续导通，u_d 波形如图 4-21(c) 所示。

由图 4-21 可见，$\alpha = 60°$ 为临界值，继续增大 α，u_d 波形将不连续。只有电路中电感足够大，i_d 波形才能连续、平稳，甚至是接近于水平线形状。

图 4-22 所示为电阻电感性负载条件下，带平

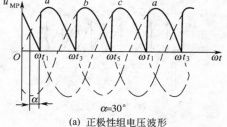

(a) 正极性组电压波形

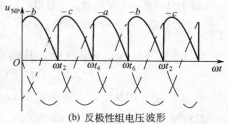

(b) 反极性组电压波形

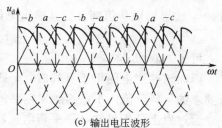

(c) 输出电压波形

图 4-20　带平衡电抗器双反星形可控整流电路 $\alpha = 30°$ 时的整流电压波形

衡电抗器双反星形可控整流电路 $\alpha = 90°$ 时的整流电压波形，这时两组半波整流电路的输出电压 u_{MP} 和 u_{NP} 都对称于横轴，它们的平均值皆为零，那么输出电压平均值 U_d 也就等于零。

通过分析可知，对于电阻负载，当 $\alpha \leqslant 60°$ 时，u_d 波形连续，其输出电压平均值 U_d 为

$$U_d = 1.17 U_2 \cos\alpha, \quad 0° \leqslant \alpha \leqslant 60°$$

式中　U_2——变压器二次相电压有效值。

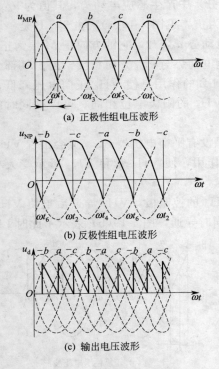

图 4-21　带平衡电抗器双反星形可控整
流电路 $\alpha=60°$ 时的整流电压波形

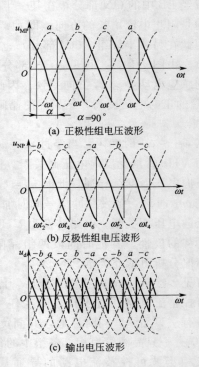

图 4-22　带平衡电抗器双反星形可控整
流电路 $\alpha=90°$ 时的整流电压波形

当 $\alpha>60°$ 时，u_d 波形断续，其输出电压平均值 U_d 为

$$U_d=1.17U_2[1+\cos(\alpha+60°)]，\quad 60°<\alpha<120°$$

可见，随 α 增大，U_d 减小，当 $\alpha=120°$ 时，U_d 为零。

对于电阻电感负载，当 $\alpha\leq60°$ 时，u_d 波形与电阻负载时的 u_d 波形相同；当 $60°<\alpha<90°$ 时，u_d 波形出现负值部分。其输出电压平均值 U_d 为

$$U_d=1.17U_2\cos\alpha，\quad 0°<\alpha<90°$$

可见，$\alpha=90°$ 时，$U_d=0$。

因而该整流电路用于弧焊时，α 只需从 $0°\sim90°$，即可实现从空载至短路的调节。由于所要求的 α 调节范围小，给触发电路的设置带来了方便。

通过以上分析可知，带平衡电抗器的双反星形可控整流电路中应有足够大的直流滤波电感，才能满足弧焊工艺的需要。与其他可控整流电路相比，带平衡电抗器的双反星形可控整流电路具有以下特点：

① 它相当于两组三相半波可控整流电路并联，该电路各相电流流通时间可达 $120°$，而六相半波可控整流电路每相电流流通时间只有 $60°$，显然，前者的整流变压器和晶闸管的利用率较高。

② 该电路中，同时有两个晶闸管并联导电，每管分担 $1/2$ 的负载电流。而三相桥式全控整流电路同时有两个晶闸管串联导电，还要考虑 2 倍的管子压降。可见，在整流电路输出电流相同时，前者可使晶闸管的额定电流减小，并提高了变压器的效率。

③ 整流电压波形为每周期有 6 个波峰，u_d 波形与六相半波一样，波形脉动小。

④ 需用平衡电抗器，为保证电路能正常工作，其铁芯不能饱和。为此，应避免平衡电抗器铁芯被直流成分所磁化，从而要求其抽头两边线圈的直流安匝相互抵消，即两组整流电路的参数（主要是变压器的匝数和漏感）应对称，这就对变压器等设备的制造和元器件的挑选提出更高的要求。

由于带平衡电抗器的双反星形可控整流电路能较好地满足弧焊工艺低电压、大电流的要求，因而在中国、日本等国家得到了广泛应用，国产 ZX5 系列晶闸管弧焊整流器采用了这种整流电路形式。

第三节　外特性控制电路

晶闸管弧焊整流器不同的外特性是通过以不同的方式控制晶闸管的导通角来实现的。而导通角的大小又是由触发电路的输入电压 U_K 值来确定的。所以只要以不同的方式确定 U_K 就可获得不同形状的外特性。晶闸管是一种大功率的半导体器件，具有动作速度快、控制灵敏等优点，因此常可利用电压反馈、电流反馈进行控制。

一、触发电路

晶闸管具有正向导通的可控性，当阳极加上一定的正向电压后，再在控制极与阴极间加上足够大的正向控制电压或电流，晶闸管就能从阻断状态转化为导通状态，晶闸管导通后，控制极信号失去控制作用，直到阳极电流小于维持电流或给阳极加反向电压，晶闸管自行关断。常用脉冲电压、电流来触发晶闸管。晶闸管触发电路是用来产生移相触发脉冲的，使晶闸管在需要导通的时刻能可靠导通。

为保证晶闸管可靠地工作，触发电路必须满足如下要求。

① 触发脉冲应有足够功率。触发电压、电流和脉冲宽度应足以触发晶闸管。

② 触发脉冲相位必须与加在晶闸管上的电源电压同步。触发脉冲与主电路电源电压应有相同的频率，并且要保持一定的相位关系，这样才能保证在每个周期中都在同样的相位触发，即各周期的控制角 α 不变，以输出稳定的电压和电流。

③ 触发脉冲应能移相且能够达到所要求的移相范围。为了调节焊接工艺参数和控制电源的外特性形状，需要改变晶闸管的导通角，即改变晶闸管的控制角，这要靠脉冲移相来实现。晶闸管弧焊电源的电压从 0 到最大值，对应的控制角的调节范围即为所要求的触发电路的移相范围。

④ 具有所需的触发电路套数。触发电路套数有 2 套、3 套、6 套几种，不同的主电路形式对触发电路套数要求不同，如 ZX5 系列晶闸管弧焊整流器需要两套触发电路；ZDK-500 晶闸管弧焊整流器需要六套触发电路。

⑤ 多路触发脉冲之间应有电气隔离。

触发电路一般由同步电路、脉冲形成电路、脉冲移相和放大电路等组成。按触发电路使用的器件可分为单结晶体管触发电路、晶体管触发电路、数字式触发电路、集成触发电路。常用触发电路的特点与适用范围见表 4-1。

二、外特性闭环控制原理

图 4-23 是晶闸管弧焊整流器闭环控制系统示意图。图中有电压负反馈，输出电压经电

表 4-1　晶闸管常用触发电路的特点与适用范围

项目	单结晶体管触发电路	晶体管触发电路		数字式触发电路
		同步电压为正弦波	同步电压为锯齿波	
主要特点	结构简单,有一定抗干扰能力,输出脉冲较窄。单结晶体管参数分散性大,调试困难	电路较简单,调整较容易,当网压波动时,有一定补偿作用	电路较正弦波复杂,但不受网压波动和波形畸变影响,工作稳定	几乎不受电网电压波动的影响,触发脉冲对称,易保证三相平衡,而且抗干扰能力强,但电路较复杂,成本高
适用范围	一般只用于直接触发 50A 以下的晶闸管	触发功率较大,可用于大、中功率的整流器中,但不宜在网压波动大的场合下使用	适用于要求较高、功率较大的整流器中	适用于要求较高的场合

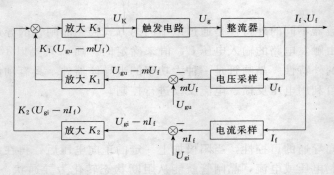

图 4-23　晶闸管弧焊整流器闭环控制系统示意图

压采样环节（常用电位器分压）得到与其成正比的反馈量 mU_f，在比较环节与给定量 U_{gu} 比较后，在"放大 K_1"环节放大，输出 $K_1(U_{gu}-mU_f)$；还有电流负反馈，输出电流经电流采样环节（常用分流器）得到与其成正比的反馈量 nI_f，在比较环节与给定量 U_{gi} 比较放大，输出 $K_2(U_{gi}-nI_f)$。最后，经综合、放大得到控制电压 U_K 再输入触发电路，以控制触发脉冲的相位。因此有：

$$U_K = K_3[K_1(U_{gu}-mU_f)+K_2(U_{gi}-nI_f)] \tag{4-1}$$

式中　K_1，K_2，K_3——放大环节的倍数。

控制电压 U_K 一般很小，只有零点几伏至几伏。而放大倍数 K_3 是较大的，所以有：

$$K_1(U_{gu}-mU_f)+K_2(U_{gi}-nI_f) \approx 0 \tag{4-2}$$

式（4-2）可以分为下列几种情况。

（1）只取电压负反馈　当只取电压负反馈时，$U_{gi}=0$，$nI_f=0$，根据式（4-2）得到：

$$U_{gu}-mU_f \approx 0$$

即

$$U_f \approx \frac{1}{m}U_{gu} \tag{4-3}$$

式中　m——分压比，是一常数。

由式（4-3）可知，U_f 取决于 U_{gu}，U_{gu} 一经给定，则整流器的输出电压 U_f 也不变，因而只用电压负反馈时，弧焊电源的输出特性为恒压外特性（平特性），如图 4-24 中曲线 1 所示。

其自动调节过程如下：当电网电压波动或负载电流增大等因素导致 U_f 减小时，由 $U_K = K_1(U_{gu}-mU_f)$ 可知，由于 U_{gu} 不变，而使 U_K 增大，进而使触发脉冲提前、晶闸管导通角增大，所以 U_f 得以增大，即

$$U_{gu}不变、U_f\downarrow\rightarrow(U_{gu}-mU_f)\uparrow\rightarrow U_K\uparrow\rightarrow导通角\uparrow\rightarrow U_f\uparrow$$

反之当 U_f 增大时，会使 U_K 减小，进而使触发脉冲推后、晶闸管导通角减小，U_f 得以减小。

（2）只取电流负反馈　当只取电流负反馈时，$U_{gu}=0$，$mU_f=0$，根据式（4-2）则有：

$$U_{gi}-nI_f\approx0$$

即

$$I_f\approx\frac{1}{n}U_{gi} \tag{4-4}$$

式中　n——分流比，为常数。

由式（4-4）可知，I_f 的大小取决于 U_{gi} 的大小。U_{gi} 一经确定，I_f 即不变，因而在理想的情况下，只用电流负反馈时，弧焊电源外的输出特性为恒流外特性。

但实际上，若放大倍数 K_2 取得太大，系统将易产生振荡，所以 K_2 不能取得太大，因而只能得到陡降的外特性，如图4-24中曲线2所示。

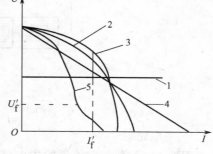

（3）电流截止负反馈　采用电流截止负反馈，电流负反馈不是在负载状态下一直起作用，而是在电流负反馈电路中加一比较电流 I'_f，当电源的输出电流 I_f 小于 I'_f 时，既不采用电流负反馈，也不采用电压负反馈，弧焊电源输出的特性为电源中变压器的原有特性；

图4-24　闭环控制系统获得的外特性

当电源的输出电流 I_f 大于 I'_f 时，才有电流负反馈作用，可获得恒流或陡降的外特性。这样可得到如图4-24中曲线3所示的外特性。由曲线3可以看出，当负载电流 $I_f>I'_f$ 时，电流负反馈起作用，外特性曲线由缓降段转入陡降段。

（4）复合负反馈

① 同时采用电压、电流负反馈。根据式（4-2），当 U_{gu}、U_{gi} 一定时，可得：

$$\frac{dU_f}{dI_f}=-\frac{K_2n}{K_1m} \tag{4-5}$$

式中，$\dfrac{dU_f}{dI_f}$ 为外特性曲线的斜率。

由式（4-5）可知，所得的外特性是斜降的，如图4-24中的曲线4。改变 n/m 或 K_2/K_1 值，可改变外特性下降的斜率。

② 按电压值采用反馈。当电源电压大于一定值 U'_f 时，只采用电流负反馈；当电压小于此值时，同时采用电流负反馈和电压负反馈。分别根据式（4-4）和式（4-5），可得到如图4-24中曲线5所示的陡降加外拖的外特性形状。由曲线5可知，当电压 $U_f>U'_f$ 时，只有电流负反馈起作用，获得的外特性是陡降的；$U_f<U'_f$ 时（低压段），电流负反馈、电压负反馈同时起作用，获得的外特性是斜降的。

第四节　典型晶闸管弧焊整流器

下面介绍典型的 ZX5 系列和 ZDK-500 型弧焊整流器的外特性及其调节特性。

一、ZX5 系列弧焊整流器

ZX5 系列晶闸管弧焊整流器有 ZX5-250 和 ZX5-400 等型号，具有下降外特性，其动态响应迅速，瞬间冲击电流小，飞溅小，空载电压高，引弧方便可靠。此外，具有优良的电路补偿功能和自动补偿环节，还备有远控盒，以便远距离调节电流。广泛适用于焊条电弧焊和碳弧气刨。其原理框图见图 4-25。现以 ZX5-400 型弧焊整流器为例加以简介。

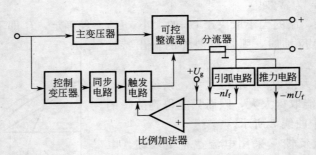

图 4-25　ZX5 系列弧焊整流器原理框图

1. 主电路

ZX5-400 型弧焊整流器的主电路见图 4-26。从图 4-26 可知，ZX5-400 型弧焊整流器采用共阳极接法。在直流输出电路中的滤波电感 L 具有足够的电感量，它不仅可以减小焊接电流波形的脉动程度，而且使主电路具有电阻电感性负载，因而当相电压变为负值时，晶闸管并不立即关断。这样焊机从空载到短路所要求的触发脉冲移相范围为 $0° \sim 90°$，使触发电路得以简化（用两套触发电路）。另外，滤波电感 L 在很大程度上可抑制短路电流冲击，对改善电源动特性有很好作用。

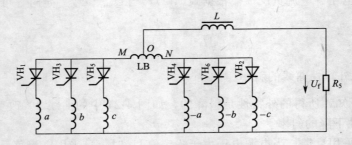

图 4-26　ZX5-400 型弧焊整流器的主电路

ZX5-400 型弧焊整流器主电路中接有分流器，分流器除了用于电流测量外，还可用作电流负反馈的电流信号采样。这种采样方式简单、准确，不需增添专用元件（如互感器），且不会增加能量损耗，但所获得的信号很微弱，需经放大后才能用于控制。

2. 触发电路

ZX5-400 型弧焊整流器采用单结晶体管触发电路，产生两套触发脉冲分别触发主电路中的正极性组和反极性组中的晶闸管。单结晶体管触发电路结构较简单，有一定抗干扰能力，输出脉冲前沿较陡。但其触发功率较小，脉冲较窄，一般只能用于直接触发 50A 以下的晶闸管。在 ZX5 系列弧焊整流器中，该触发电路是用以触发脉冲分配器中的晶闸管，再通过后者去触发主电路中的晶闸管，因而触发功率还是足够的。但单结晶体管参数分散性较大，给调试工作带来一定困难。

3. 控制电路

控制电路的作用是控制外特性和进行网压补偿。

（1）对外特性的控制　由闭环控制原理可知，采用不同的电参数反馈，可以得到不同的弧焊电源外特性。ZX5 系列晶闸管弧焊整流器主要用于焊条电弧焊，因此需要下降的外特性。下降的外特性主要是依靠电流负反馈获得的。

ZX5 系列晶闸管弧焊整流器在外特性控制电路中，根据输入的给定电压和电流反馈信号，产生控制电压 U_K 送往触发电路，以便得到所要求的下降外特性。即先将主电路中的分流器采样得到的正的电流负反馈信号，送入反相放大器进行放大后，输出负信号 $-nI_f$。再将 $-nI_f$ 输入反相比例加法器，与给定电压 U_{gi} 进行代数相加并放大，最后输出 U_K，即

$$U_K = -K(U_{gi} - nI_f) \tag{4-6}$$

当 U_{gi} 一定，随着 I_f 增加，$U_{gi} - nI_f$ 值减小，于是 U_K 绝对值减小，晶闸管导通角减小，使主电路输出的整流电压减小，从而得到下降的外特性。

只用电流负反馈时，由式 $I_f \approx \dfrac{1}{n} U_{gi}$ 可知，通过相应电位器改变 U_{gi} 可调节电流。此外通过调节分流比 n，改变外特性陡度，也可调节电流 I_f。而适当调节 U_{gi} 和 n，即可使某一焊接电流从不同陡度的外特性上获得，以适应不同位置焊接的要求。ZX5-400 型弧焊整流器的外特性曲线如图 4-27 所示。ZX5-400 型弧焊整流器的电流负反馈还带有截止功能，其原理此处略。

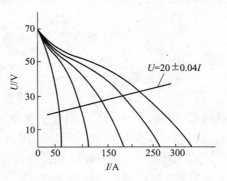

图 4-27　ZX5-400 型弧焊整流器的外特性

（2）引弧电路　引弧电路是当引弧时，短时间内增加给定电压，使 $|u_k|$ 增大，晶闸管的导通角增大，得到较大的引弧电流，易于起弧。电弧引燃后，此附加引弧电流消失，可调节此引弧电流值，亦即调节起弧时的附加热量，有利于焊缝接头的熔透。

（3）推力电路　ZX5-400 型弧焊整流器带有电弧推力控制环节。推力电路的作用主要是当焊接电压较低时，也就是接近焊接短路时，增大焊接电流，以便加速熔滴过渡、增加熔深并避免焊条被粘住。电路工作原理是当弧焊整流器输出端电压 U_f 高于 15V 时，电弧推力控制环节不起作用。当 U_f 低于 15V 时，电压负反馈起作用，使整流器的外特性在低压段下降变缓，出现外拖，短路电流增大，使焊件熔深增加并避免焊条被粘住。调节相应电位器可改变外特性在低压段外拖的斜率，以满足不同工件施焊时对电弧穿透力的要求。

（4）电网电压补偿及过流保护电路

① 电网电压补偿。ZX5-400 型弧焊整流器还具有电网电压补偿作用。当电网电压上升时，通过合适的电路反馈作用使 U_K 的绝对值和晶闸管的导通角减小，从而可抵消电网电压升高的影响；反之，当电网电压下降时，则使 U_{gi} 和 U_K 的绝对值和晶闸管的导通角增大，抵消电网电压下降的影响。该整流器对电网电压补偿的强弱可以调节。

② 过流保护电路。ZX5-400 型弧焊整流器含有过流保护电路。当焊接电流超过一定限度后，弧焊整流器的控制电路停止工作，主电路晶闸管截止，即整流器自动停电。过载保护动作的电流值可以调节。

4．ZX5-400 型弧焊整流器的主要技术参数

输入电压：3 相，380V

额定焊接电流：400A

电流调节范围：80～400A

空载电压：64V

额定负载持续率：60%

二、ZDK-500 型弧焊整流器

ZDK-500 型弧焊整流器具有平、陡降两种外特性，可用于焊条电弧焊、CO_2 气体保护焊、氩弧焊、等离子弧焊、埋弧焊等。ZDK-500 型弧焊整流器主要分为主电路、触发电路、反馈控制电路、操纵和保护电路四部分。

1．主电路

ZDK-500 型弧焊整流器的主电路采用如图 4-17（b）所示的带平衡电抗器的双反星形可控整流电路。

2．触发电路

ZDK-500 型弧焊整流器采用同步电压为正弦波的晶体管式触发电路，它的任务是产生晶闸管 $VH_1 \sim VH_6$ 所需的触发脉冲，其相位能够移动。由于主回路采用的是共阴极的带平衡电抗器双反星形形式，所以采用六套触发脉冲电路。

3．ZDK-500 型弧焊整流器外特性的调节

ZDK-500 型弧焊整流器采用电压负反馈和电流截止负反馈，由以上分析可知，可以分别获得平、陡降两种外特性。其简化的闭环控制电路如图 4-28 所示。图中 T_{11} 是主变压器一次绕组，LH_1、LH_2 是电流采样用的电流互感器，其二次绕组内电流与负载电流成正比，该电流经 R_1、

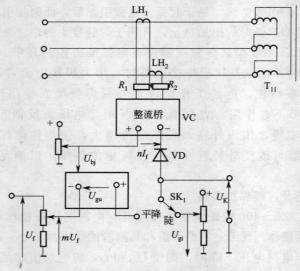

图 4-28　ZDK-500 型弧焊整流器闭环控制简化电路

R_2 得到与负载电流成比例的电压，将其输入到整流桥 VC，经整流滤波得到电流反馈量 nI_f。为实现电流截止负反馈而需用比较电压 U_{bj}。U_{gi} 为用于陡降外特性时的给定电压。U_{gu} 是用于平特性时的给定电压。将焊机输出端的电压 U_f 经分压取 mU_f 作为电压反馈量。

欲得到陡降外特性时，将开关 SK_1 转至"陡"位置。随着 I_f 增大，电流反馈量 nI_f 亦增大，而 U_{bj} 与 nI_f 极性相反，故 $U_{bj}-nI_f$ 随着减小。但 U_{gi} 值较小，当 I_f 不很大时，$U_{gi}<U_{bj}-nI_f$，二极管 VD 承受反向电压而不导通。这时 $U_K=U_{gi}$ 使晶闸管全导通，U_f 值近似等于 U_0。当 nI_f 增大到使 $U_{gi}>U_{bj}-nI_f$ 时，VD 承受正向电压而导通，则 $U_K\approx U_{bj}-nI_f$，即电流截止负反馈起作用，对应的外特性段转入陡降段。改变 U_{bj} 的大小，可调转入陡降段时的电流值。以上结果示于图 4-29。图中 $U_{bj1}>U_{bj2}$。用前者时，外特性曲线在达到较大电流值时转入陡降段——线段 1；用后者时，则在较小电流值时即转入陡降段——线段 2。故改变 U_{bj} 值可调节外特性。

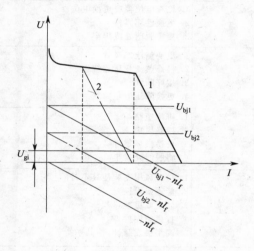

图 4-29　陡降外特性的获得原理

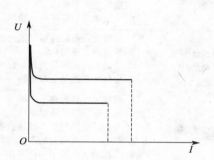

图 4-30　ZDK-500 型弧焊整流器的平外特性

当需要平的外特性时，只要把开关 SK_1 转至"平降"位置上。当 I_f 较小时，$U_{gu}-mU_f<U_{bj}-nI_f$，VD 处于反向偏置而不导通，这时，$U_K=U_{gu}-mU_f$，即有电压负反馈，从而得到很平的外特性。可是当 I_f 大到超过一定限度后则有 $U_{gu}-mU_f>U_{bj}-nI_f$，于是 VD 导通，$U_K=U_{bj}-nI_f$，即电流截止负反馈起作用使外特性转入陡降段，从而具有过载保护作用，获得的外特性如图 4-30 所示。

4. ZDK-500 型弧焊整流器的主要技术参数

额定焊接电流：500A

电流调节范围：50～600A

额定负载持续率：80%

额定容量：36.4kV・A

质量：350kg

外形尺寸：940mm×540mm×1000mm

三、晶闸管弧焊整流器的常见故障与维修

晶闸管弧焊整流器的常见故障与维修见表 4-2。

表 4-2　晶闸管弧焊整流器的常见故障与维修

故　障	原　因	维 修 方 法
接通电源,指示灯不亮	1. 电源无电压或缺相 2. 指示灯损坏 3. 保险管烧断 4. 连接线脱落	1. 检查并接通电源 2. 更换指示灯 3. 更换保险管 4. 查找脱落处并接牢
开启焊机开关,风扇不转	1. 开关接触不良或损坏 2. 控制保险管烧坏 3. 风扇电容损坏 4. 风扇损坏 5. 与风扇的连接线未接牢或脱落	1. 检修开关或更换 2. 更换控制保险管 3. 更换电容 4. 检修或更换风扇 5. 接牢连接线
焊机内出现焦煳味	1. 主回路部分或全部短路 2. 风扇不转或风力过小 3. 主回路中有晶闸管被击穿短路	1. 修复线路 2. 修复风扇 3. 更换晶闸管
焊接、引弧推力不可调	1. 电位器的活动触头松动或损坏 2. 控制电路板零部件损坏 3. 连接线脱落、虚焊	1. 检查电位器或更换电位器 2. 更换已坏零件 3. 接牢脱落处或焊牢
焊接引弧困难,电压表显示空载电压大于50V	1. 整流二极管损坏 2. 整流变压器绕组有两相烧断 3. 输出电路有断线 4. 整流电路的降压电阻损坏	1. 更换整流二极管 2. 检修整流变压器绕组 3. 接好断线 4. 更换降压电阻
开启焊机开关,瞬时烧坏保险管	1. 控制变压器绕组匝间或绕组与框架短路 2. 风扇搭壳短路 3. 控制电路板零件损坏引起短路 4. 控制接线脱落引起短路	1. 排除短路 2. 检修风扇 3. 更换损坏零件 4. 将脱线处接牢
噪声变大、振动变大	1. 风扇风叶碰风圈 2. 风扇轴承松动或损坏 3. 主回路中晶闸管不导通或被击穿 4. 固定箱壳或内部的某紧固件松动 5. 三相输入电源中一相开路	1. 整理风扇支架使其不碰 2. 修理或更换 3. 修复或更换 4. 拧紧紧固件 5. 调整触发脉冲,使其平衡
焊机外壳带电	1. 电源线误碰机壳 2. 变压器、电抗器、电源开关及其他电气元件或接线碰箱壳 3. 未接接地线或接触不良	1. 检查并消除碰处 2. 消除碰壳处 3. 接妥接地线
不能起弧,即无焊接电流	1. 焊机的输出端与工件连接不可靠 2. 变压器次级线圈匝间短路 3. 主回路晶闸管(6只)其中几个不触发 4. 无输出电压	1. 使输出端与工件连接好 2. 消除短路处 3. 检查控制线路触发部分及其引线,修复 4. 检查并修复
焊接电流调节失灵	1. 三相输入电源其中一相开路 2. 近、远程选择与电位器不对应 3. 主回路晶闸管不触发或击穿 4. 焊接电流调节电位器无输出电压 5. 控制线路有故障	1. 检查并修复 2. 使其对应 3. 检查并修复 4. 检查控制线路给定电压部分及引出线 5. 检查修复
无输出电流	1. 熔断丝熔断 2. 风扇不转或长期超载使整流器内温升过高,从而使温度继电器动作 3. 温度继电器损坏	1. 更换熔断丝 2. 修复风扇,使整流器不过载运行 3. 更换
焊接时焊接电弧不稳定,性能明显变差	1. 线路中某处接触不良 2. 滤波电抗器匝间短路 3. 分流器到控制箱的两根引线断开 4. 主回路晶闸管其中一个或几个不导通 5. 三相输入电源其中一相开路	1. 使接触良好 2. 消除短路处 3. 应重新接上 4. 检查控制线路及主回路晶闸管,修复 5. 检查修复

习　题

4-1　晶闸管弧焊整流器主要由哪几部分组成？各部分有何作用？

4-2　简述晶闸管弧焊整流器的工作原理。

4-3　晶闸管弧焊整流器的主要特点是什么？

4-4　晶闸管弧焊整流器主电路的形式、工作原理及其特点是什么？

4-5　晶闸管触发电路有什么作用？由哪几部分组成？

4-6　简述晶闸管弧焊整流器控制系统图，分析用电流负反馈、电压负反馈、电流截止负反馈及复合负反馈等控制环节可获得怎样的外特性。

4-7　简述 ZX5-400 型弧焊整流器的组成及工作原理。

4-8　简述 ZDK-500 型弧焊整流器的组成及各部分工作原理。

4-9　ZDK-500 型弧焊整流器是怎样获得平、陡降两种外特性的？

4-10　ZX5-400 型弧焊整流器外壳带电，试分析其原因，并指出排除故障的方法。

4-11　ZX5-400 型弧焊整流器无输出电流，其可能的故障原因是什么？如何维修？

第五章　新型弧焊电源

本章主要讲述新型弧焊电源如晶体管弧焊电源、逆变式焊接电源、脉冲弧焊电源、矩形波交流弧焊电源及数字化弧焊电源的有关内容。通过本章的学习，要求了解各种新型弧焊电源的基本原理、种类及特点，并掌握其应用。

第一节　晶体管弧焊电源

一、概述

晶体管弧焊电源是一种能适应各种电弧焊工艺需要的新型弧焊电源。其主电路在结构上的主要特点是在变压、整流后的直流输出端串入大功率晶体管组，依靠大功率晶体管组、电子控制电路与不同的闭环控制相配合，获得不同的外特性和不同的输出电压、电流波形。它属于电子控制型弧焊电源。

晶体管弧焊电源按晶体管在主电路中所起的作用可分为模拟式晶体管弧焊电源、开关式晶体管弧焊电源。前者中的晶体管起线性放大调节器作用，后者中的晶体管起开关作用。

晶体管弧焊电源的两种形式既可输出平稳的直流电压、电流，也可输出脉冲电压、电流，而且输出脉冲电压、电流更能体现它的优越性。

二、模拟式晶体管弧焊电源

模拟式晶体管弧焊电源的基本原理框图和基本电路框图如图 5-1 所示。其基本工作原理为：电网电压经主变压器降压、整流器整流和电容器滤波后，得到所需要的直流电流。大功率晶体管组串接于整流器和电弧负载之间作为模拟调节管，起线性放大作用，这是电子功率部分。

1. 外特性的控制

模拟式晶体管弧焊电源借助于电子功率部分和电子控制部分的配合作用，实现对其外特性的控制。从负载中取得的电流或电压反馈信号经与给定量 U_{gi}、U_{gu} 比较、放大等综合处理后，用于控制晶体管的基极电流，从而对电源外特性形状进行控制和对焊接规范进行调节。当只有电流负反馈时，可得到近于恒流的外特性；只有电压负反馈时，则得到近于恒压的外特性；当电压、电流负反馈都有时，通过改变两者的反馈程度，可得到不同下降程度的外特性。故晶体管弧焊电源能适应多种焊接工艺的需要。

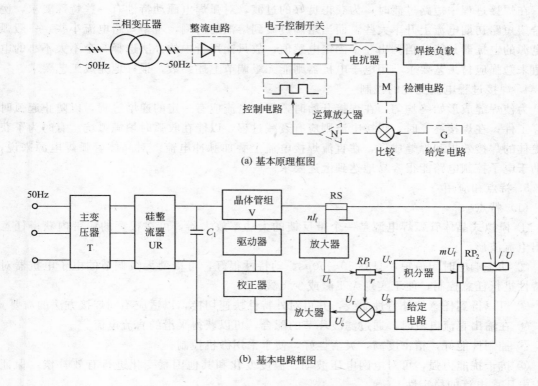

图 5-1　模拟式晶体管弧焊电源的基本原理框图和基本电路框图

2. 焊接电流波形的控制

晶体管反应灵敏，便于精确控制，通过它可获得各种焊接电流波形。只要改变电子控制电路的给定值，便可得到相应的任意电流波形，除平稳的直流电流外，还可输出矩形波、三角形波和梯形波等，如图 5-2 所示。

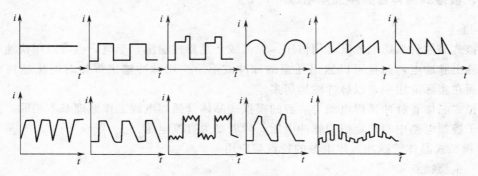

图 5-2　模拟式晶体管弧焊电源输出脉冲电流波形实例

3. 动特性的控制

为了适应气体保护焊中短路过渡的需要，一般弧焊电源在回路中常通过串接带铁芯的电抗器（L）来获得合适的动特性。而晶体管弧焊电源可以利用晶体管易于控制的特点，在控制回路中采取适当的电子电路环节，对焊接回路动态特性进行控制，调节焊接短路电流上升率和限制短路电流峰值。这种电路环节可以形象地称为电子电抗器。

在焊接过程中短路过渡时，为获得良好的过渡，对弧焊电源动特性有一些特殊要求，例如希望短路初期电流上升率大些，而当熔滴过渡到熔池的时刻，希望短路电流小些。一般弧焊电源的电抗器只能分挡调出一个固定电感值，故只能用折中的办法选择一个不大不小的电感值来勉强应付工艺要求。用电子电抗器则能无级调节上述参数，很好地完成工艺要求。

4. 焊接过程电流变化的控制

为使焊缝成形始终均匀，在焊接开始时，焊接电流应有一定的递增过程，以防止起弧时烧穿工件；在焊接终了时，焊接电流则应有衰减过程，以能在收弧时填满弧坑。有时为了获得更佳的焊接效果和焊缝成形，在直流焊接电流上叠加脉冲电流。对晶体管弧焊电源来说，借助于电子控制电路能很容易地达到上述要求。

5. 特点和应用

（1）特点

① 模拟式晶体管弧焊电源是一个带反馈的大功率放大器，可在很宽的频带内获得任意输出电流波形。

② 动态响应时间最短，只有 $30\sim50\mu s$。动特性很好，可借助无级调节的电子电抗器对动特性进行任意控制，便于实现无飞溅或少飞溅。

③ 可以得到任意的外特性曲线，并可对外特性快速切换，以适应不同焊接方法的需要。

④ 在输出直流电流时，通过滤波环节的配合，可以获得平滑的直流电流。

⑤ 控制性能好，精密度高，灵活性好，便于采用微机控制。

⑥ 抗干扰能力强，可对电网电压波动、温度变化和其他因素变化进行有效补偿，保证输出电压、电流的稳定性。

⑦ 大功率晶体管组在焊接回路中处于功率放大状态，功率耗损较大，整机成本比较高。

（2）应用　模拟式晶体管弧焊电源是目前使用的弧焊电源中对各种弧焊方法适应性最好的电源之一。这种适应性包括外特性、动特性和控制性能等。因而，它可用于 MIG、MAG、CO_2 气体保护焊、TIG、等离子弧焊、脉冲弧焊、焊条电弧焊等，且很适合于作为机器人的弧焊电源。

三、模拟式晶体管脉冲弧焊电源

1. 概述

模拟式晶体管弧焊电源既可用恒压、恒流或任意特性输出直流电，也可以用快速的外特性切换输出脉冲电，而且可以输出任意的脉冲波形。在用脉冲输出焊接时的优越性更为明显，因而在实际应用中，以脉冲输出居多。

模拟式晶体管脉冲弧焊电源与一般的模拟式晶体管弧焊电源工作原理基本相同，只是前者在电子控制电路中的给定值为脉冲电压，后者则为直流电压。

2. 模拟式晶体管脉冲弧焊电源的特点与应用

（1）主要特点

① 控制性能好，便于通过给定脉冲信号或外特性快速切换的多种方案来获得脉冲电流和维弧电流，由一个电源提供两种电流（脉冲、维弧电流）。

② 动态响应速度快，脉冲频率比晶闸管式、磁放大器式等高得多，每秒可达数万次，一般使用频率范围为 $0.1\sim1000Hz$。

③ 便于获得任意形状的脉冲电流波形，以适应高要求的弧焊工艺和合金材料焊接的成

形和质量需要。它的焊接电流适应范围大，可调参数多。

④ 便于对弧长进行自动检测和闭环控制以及制成单旋钮调节、自适应控制等。

⑤ 造价比其他脉冲弧焊电源高，可靠性也稍差。

⑥ 耗电量大、效率较低（只有 50% 左右），一般用于高质量焊接场合。

（2）主要应用范围

① 脉冲 MIG 焊。由于它的焊接电流适用范围特别宽，调节参数多，脉冲参数与送丝速度配合较方便，主要用于焊接合金钢或铝等。

② 脉冲 TIG 焊。低频脉冲并加程序控制用来焊接合金钢管道，可以获得均匀的焊缝成形，其效果优于其他脉冲电源，而且可以用于薄板或厚板的高频脉冲弧焊。

③ 脉冲等离子弧焊及其他脉冲弧焊。主要用于高合金材料或有色金属的焊接。

④ 机器人电弧焊。

四、开关式晶体管脉冲弧焊电源

模拟式晶体管弧焊电源的大功率晶体管组工作在放大状态，故晶体管组通过的焊接电流很大，而且管压降较高，因此晶体管组上的功耗很大，既浪费电能，又使管子的冷却系统变得很复杂。为了解决这个问题，可令大功率晶体管组工作在开关状态，这便是开关式晶体管脉冲弧焊电源。

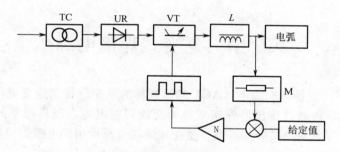

图 5-3　开关式晶体管弧焊电源基本原理框图

1. 基本原理和特点

（1）基本原理　如图 5-3 所示，开关式晶体管脉冲弧焊电源的晶体管组工作在开关状态。当它"开"（饱和导通）时，输出电流很大，管压降近似为 0；当它"关"（截止）时，管压降高而输出电流近似为 0。与模拟晶体管弧焊电源相比，两种状态下晶体管的功耗都很小，因而效率高。为保证电弧连续，必须附加由电感、电容器和续流二极管组成的滤波电路。

（2）特点

① 大功率晶体管组工作在开关状态，功耗小，效率高。单位电流用晶体管少，造价低。

② 采用"定频率调脉宽"的调节方式。

③ 开关频率高，可达 30kHz。

④ 通常输出矩形波，但当用低频调制获得低频脉冲时有较大内脉动。

⑤ 输出电流有一定波纹，最宜用于钨极氩弧焊和等离子弧焊。

⑥ 质量较大，成本高，维修较难。

2. 外特性和参数调节

开关式晶体管脉冲弧焊电源的焊接工艺参数的调节采用"定频率调脉宽"，即不改变脉冲的频率，通过引入电压和电流反馈来控制脉冲占空比，以获得任意下降程度的外特性。当输出为长脉冲短间歇时，焊接平均电流大；输出为短脉冲长间歇时，焊接平均电流小。而通过改变电子控制系统的给定电压值，即可实现这种调节。

通过采用电压、电流反馈与电子控制电路配合来自动调节脉宽比，从而获得所需要的外特性。

晶体管弧焊电源产品技术参数及应用见表5-1。

表 5-1　晶体管弧焊电源产品技术参数及应用

项　　目	国产 PULSE350	国产 NZC6-315T	德国 CLC403PA-TS
电源电压/V	3×380	3×380	3×380
空载电压/V	55	40	51
额定焊接电流/A	350	315	400
电流调节范围/A	70～350	30～315	0～400
负载持续率%	100	60	60
额定容量/kV·A	20		13.8
质量/kg	200	180	230
外形尺寸/mm	500×710×890	650×530×1040	1200×1580×1125
应用	脉冲熔化极氩弧焊	熔化极气体保护电弧焊	各种气体保护电弧焊

第二节　逆变式焊接电源

将直流电（DC）变换为交流电（AC）的过程称为逆变。将工频交流电整流后，逆变为频率较高的交流电，再通过变压器降压后得到交流焊接电源，或再经整流成为直流焊接电源，这种焊接电源称为逆变式焊接电源。逆变式焊接电源可用于电弧焊或电阻焊。

一、逆变式焊接电源的基本原理

逆变式焊接电源基本原理框图如图 5-4 所示，其基本原理为：单相或三相工频（50Hz 或

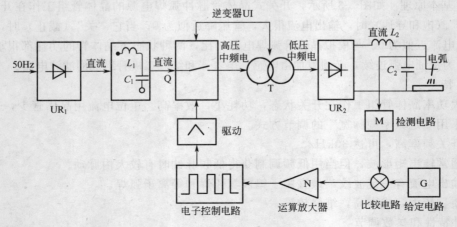

图 5-4　逆变式焊接电源基本原理框图

60Hz）交流电网电压（单相 220V，三相 380V），经输入整流器 UR_1 整流和滤波器 L_1C_1 滤波后，获得平直的直流电压（单相整流约为 310V，三相整流约为 520V）。该直流电压经逆变器 UI 中的大功率电子开关 Q 的交替开关作用，变成几千至几万赫兹的中频高电压，再经中频变压器 T 降至适合于焊接的几十伏低电压，并借助电子控制系统的控制驱动电路和给定反馈电路，获得焊接工艺所需的外特性和动特性。如果需要采用直流电进行焊接，则再经输出整流器 UR_2 整流和 L_2C_2 的滤波，把中频交流电变成稳定的直流输出，必要时再把直流变成矩形波输出。

逆变式焊接电源主电路的基本原理可归纳为：工频交流→直流→逆变为中频交流→降压（低压中频交流）→直流，必要时再把直流变成矩形波交流，即逆变式焊接电源有三种逆变体制：

① AC→DC→AC

② AC→DC→AC→DC

③ AC→DC→AC→DC→AC（矩形波）

目前常采用第二种逆变体制，即输出直流。

二、逆变式焊接电源的组成

逆变式焊接电源的组成见图 5-4，其作用简述如下。

1. 主电路

由供电系统和电子功率系统组成。

（1）供电系统　把工频交流电经整流得到直流电，供给电子功率系统，并通过变压整流滤波及稳压系统对电子控制系统提供所需的直流稳压电。

（2）电子功率系统　通过逆变器大功率电子开关的交替开关作用，将直流电变成几千至几万赫兹的中频交流电，再分别经中频变压器降压、整流器整流和电抗器滤波，得到所需的焊接电压和电流。电子功率系统本身并不能焊接，它必须与电子控制系统紧密结合，才能实现焊接，即两者结合才能对焊接电弧提供所需的电气性能和焊接工艺参数。

2. 电子控制系统

给电子功率系统提供足够大的、符合焊接电弧所需变化规律的开关脉冲信号，驱动逆变主电路的工作，以获得所需的外特性和动特性。

3. 反馈给定系统

反馈给定系统由检测电路、给定电路和比较放大电路等组成。检测电路提取电弧电压和电流反馈信号；给定电路提供能反映所需焊接参数的给定信号；比较放大电路则把反馈信号与给定信号进行比较后放大，与电子控制系统一起，实现对逆变式焊接电源的闭环控制，使之获得所需的外特性和动特性。

三、逆变器电路

逆变器是逆变式焊接电源的核心部件，是由大功率电子开关和中频变压器组成的逆变功率转换电路，简称逆变电路。其功能是将直流电转换成中频交流电。

1. 逆变器的工作原理

根据采用的大功率电子功率开关不同，逆变式焊接电源有不同类型，其逆变电路及工作原理也有差异。由于 IGBT 逆变式焊接电源已经成为当前逆变式焊接电源的主导产品，而且

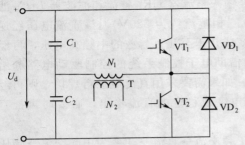

图 5-5　串联半桥对称式逆变电路简图

晶体管、场效应管逆变式焊接电源与 IGBT 逆变式焊接电源的电路结构、工作原理基本相同，因此，现以 IGBT 逆变式焊接电源为例对其逆变电路进行分析。图 5-5 所示的是以 IGBT 作为功率开关器件的串联半桥对称式逆变电路，它由换向电解电容 C_1、C_2，中频变压器 T，功率开关管 VT_1、VT_2 和二极管 VD_1 和 VD_2 组成。其工作原理如下。

单相或三相交流电经整流器整流后获得直流电压 U_d 加到逆变器后，当 VT_1、VT_2 都截止时，电容 C_1、C_2 把 U_d 分成两半（$U_d/2$）分别对功率开关管 VT_1、VT_2 和中频变压器 T 供电，两个功率开关管的栅极输入相位相差 $180°$ 的矩形波脉冲，驱动 VT_1、VT_2 使之交替导通。

当 VT_1 导通，VT_2 截止时，C_1 经 VT_1、中频变压器 T 的一次绕组 N_1 放电，C_1 上的电压逐渐下降为零；同时电源电压 U_d 经 VT_1、N_1 给 C_2 充电，C_2 上的电压逐渐上升。此时 N_1 中的电流逐渐增大，中频变压器的励磁电感中储存了一定的能量。随后该能量释放，电感向 C_1 充电，C_1 电压出现负值，同时 C_2 电压继续升高。C_1 的放电、反向充电电流和 C_2 的正向充电电流构成了变压器一次绕组 N_1 的正半波电流。C_1 被反向充电后，N_1 的电流会逐渐减少至零，VT_1 自然关断，然后 C_1 会通过 N_1、VD_1 反向放电，由于系统内的损耗，反向电流一般会小于正向电流。由于 VD_1 的导通，使 VH_1 承受反向电压而可靠关断。

当 VT_2 导通时，VT_1 是关断的，逆变器的工作过程与上述情况相似。先是 C_2 经 N_1、VT_2 放电，接着变压器释放能量给 C_2 反向充电，同时给 C_1 充电，构成变压器一次绕组 N_1 的负半波电流。当 N_1 的能量释放完后，C_2 将会反向放电，VD_2 导通，VT_2 关断。

逆变器产生的波形如图 5-6 所示。

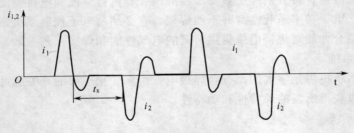

图 5-6　逆变器波形图

2. 大功率电子开关

逆变器的技术性能决定于所使用的大功率电子开关的特性。随着电子技术不断发展，用于逆变式焊接电源的新型大功率电子开关不断出现，而且正向着大容量化、集成化、全控化、高频化和多功能化方向发展。现用于制作逆变式焊接电源的大功率电子开关有晶闸管、晶体管、场效应管和绝缘栅双极晶体管（IGBT）等。

（1）晶闸管（SCR）　最早用于逆变式焊接电源的开关器件，主要采用快速晶闸管。其最大优点是生产技术成熟，管子容量大，制造成本低。缺点是工作频率低，开关速度慢，关断困难。

（2）晶体管（GTR）　使用的是电力晶体管，具有控制方便、开关时间短、高频特性好、导通压降低等优点，是继晶闸管后成功用于制作逆变电源的开关元件。但存在二次击穿问题且需驱动器驱动。因管子容量有限，常需并联使用，控制电路复杂，故进一步发展受到限制。

（3）场效应管（MOSFET）　开关时间短，为纳秒数量级，典型值为 20ns。属于电压型器件，控制方便，且具有负温度系数，因而具有良好的电流自动调节能力，热稳定性好，无二次击穿现象，干扰能力强，开关损耗小，故近年来获得大发展，是继晶体管之后又成功用于逆变弧焊电源的开关元件。其不足之处是导通压降高，管子容量小，目前只用于小功率（50～315A）的逆变式焊接电源中。

（4）绝缘栅双极晶体管（IGBT）　又叫绝缘门栅极晶体管，是 20 世纪 80 年代研制出来的新型电子开关器件。它是将场效应管和晶体管集成在一个芯片上，故是一种复合型全控器件，它综合了这两种管子的优点，具有工作速度快、输入阻抗高、热稳定性好以及驱动简单等优点。近年来发展非常迅速，单管容量已达 1000～1200A，可用于制作大、中容量的逆变器，其应用日趋广泛。

四、逆变式焊接电源的外特性、调节特性

1. 外特性

为了满足弧焊工艺的要求，逆变式焊接电源外特性必须具有相应的外特性曲线形状。

逆变式焊接电源外特性控制与晶闸管弧焊整流器闭环控制原理基本相同，是利用电子控制系统和电流、电压反馈对电子功率系统（逆变器）进行闭环控制，来获得不同外特性曲线形状的，如恒压特性、恒流特性、缓降特性、恒流加外拖特性等，如图 5-7 所示。

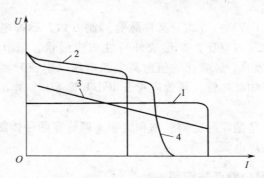

图 5-7　逆变式焊接电源的外特性
1—恒压特性；2—恒流特性；3—缓降特性；4—恒流加外拖特性

2. 调节特性

当输出恒压特性时，给定电压值的大小，决定了输出端电弧电压的大小。也就是说给定电压值 U_{gu} 越大，输出电弧电压 U_f 也越大；反之亦然。如 $U_{gu1}<U_{gu2}$，外特性曲线由 1 上移到曲线 2，如图 5-8(a) 所示，稳定工作点由 A_1 移至 A_2 点。当输出恒流特性时，给定电压值的大小决定了输出焊接电流的大小。也就是说给定电压值 U_{gi} 大，输出电弧电流 I_f 也大；反之亦然。如 $U_{gi1}<U_{gi2}$，外特性曲线由 1 右移至曲线 2，如图 5-8(b) 所示，稳定工作点相应由 A_1 移至 A_2 点。

3. 逆变式焊接电源外特性、调节特性的控制方式

逆变式焊接电源可根据各种弧焊工艺方法的不同需要，通过电子控制电路和电弧电压、电流反馈的闭环控制来获得各种形状的外特性和实现焊接工艺参数的调节。对逆变式弧焊电

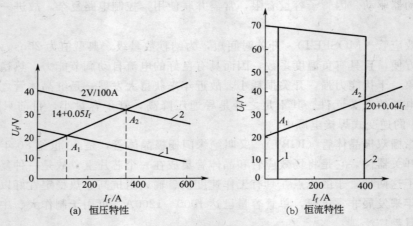

图 5-8　逆变式焊接电源调节特性示意图

源的控制与调节是通过改变逆变器的大功率电子开关的接通时间（即脉冲宽度）和工作周期的比例，即改变其脉冲占空比来实现。

通常，逆变式焊接电源采用三种调节控制方式来实现对外特性、调节特性的控制。

（1）定脉宽调频率（PFM）方式　又称调频控制方式。脉冲电流宽度不变，通过改变逆变器的开关频率来形成外特性曲线形状、调节特性（调节工艺参数大小）。在调节焊接工艺参数时，频率愈高电弧电压（电流）就愈大；反之亦然。目前用晶闸管作功率开关器件的逆变器采取这种调制方式。

（2）定频率调脉宽（PWM）方式　又称脉宽调制方式。脉冲电流频率不变，通过改变逆变器开关脉冲的脉宽比（占空比）来形成外特性曲线形状、调节特性（调节工艺参数大小）。在调节焊接工艺参数时，脉宽比的值愈高电弧电压（电流）就愈大；反之亦然。目前用全控型功率开关器件（如晶体管、场效应管及 IGBT 管等）制作的逆变器，多用这种控制方式。

（3）混合调节方式　是把定脉宽调频率和定频率调脉宽两种体制结合起来调节，适用于要求调节范围大的逆变弧焊电源。

五、逆变式焊接电源的特点与应用

逆变式焊接电源与弧焊变压器、弧焊发电机、弧焊整流器等传统的弧焊电源相比，具有如下优点。

① 省料、体积小、质量小。根据变压器的基本公式 $U = 4.44 f N S \Phi_{\mathrm{m}}$，变压器的绕组匝数 N、铁芯截面积 S 与频率 f 成反比，逆变式焊接电源的频率从几千到几万赫兹，因而逆变式焊接电源可大幅度地减小质量和体积，节约大量的铜和硅钢片等材料，其整机质量仅为传统弧焊电源（频率为 50Hz）的 1/10～1/5，整机体积则为传统弧焊电源的 1/3 左右。另外，工作频率提高还可减少滤波电感的用料。

② 因为频率高，交变电流过零的时间短，良好的热惯性使换向时重新引弧容易，故提高了交流电弧的稳定性。

③ 高效节能。逆变式焊接电源由于体积小，铜损和铁损大大降低，且电子功率器件工作于开关状态，效率大大提高；主电路内有电容，提高了功率因数，节能效果十分显著。

④ 易于控制焊接参数及可获得各种形状的外特性。由于采用电子控制电路，可以根据不同的焊接工艺要求设计出合适的外特性，并保证良好的动特性；通过改变给定信号来控制焊接参数，以获得良好的焊接效果。

逆变式焊接电源的缺点是设备较复杂，维修需要较高技术，可靠性不容易保证。据统计，目前逆变式焊接电源的返修率均比整流式弧焊电源高很多。

逆变式焊接电源与传统弧焊电源的技术指标比较见表 5-2。

表 5-2　逆变式焊接电源与传统弧焊电源主要技术指标比较

焊接电源	电源电压/V	空载电压/V	输出电流/A	负载持续率/%	效率	功率因数	质量/kg	外形尺寸/mm
弧焊变压器 BX3-300	380	65～70	300	60	0.83	0.53	190	565×580×900
弧焊发电机 AX-320	3×380	50～80	320	50	0.53	0.87	530	1195×600×992
硅弧焊整流器 ZXG7-300-1	3×380	72	300	60	0.68	0.65	200	410×600×790
晶闸管弧焊整流器 ZX5-400	3×380	63	400	60	0.75	0.75	200	504×653×1010
晶闸管弧焊逆变器 ZX7-400	3×380	80	400	60	0.86	0.95	75	360×460×600
晶体管弧焊逆变器 LHL315	3×380	65	315	35	0.85	0.94	28	
场效应管弧焊逆变器 NZC6-315	3×380	63	315		0.89		29	290×350×560
IGBT 弧焊逆变器 ZX7-315	3×380		315	60	0.85		32	295×410×475

从表 5-2 可知，逆变式焊接电源在效率、功率因数、质量及体积等方面均比传统弧焊电源有明显优势。

由于它具有上述的优良电气性能，控制性能好，易获得多种外特性曲线形状、不同种类的电弧电压、电流波形（直流、脉冲、矩形波交流等）和良好的动态特性，且输出焊接电流可达 1000A 以上，因而可以说，它几乎可取代现有的一切弧焊电源，用于焊条电弧焊和 TIG 焊、MAG/CO_2/MIG/FCAW、等离子弧焊与切割、埋弧焊、机器人焊接等各种弧焊方法，可以焊接各种金属材料及其合金。

六、逆变式焊接电源的种类

逆变式焊接电源一般按所用的大功率电子开关来分类，可分为晶闸管弧焊逆变器、晶体管弧焊逆变器、场效应管弧焊逆变器和 IGBT 弧焊逆变器四大类。它们均属于电子控制型焊接电源。其性能比较见表 5-3。

从图 5-4 可知，各种逆变式焊接电源，主电路的结构基本相同，只是用作大功率电子开关的器件不同和焊接工艺参数的调节方式不同。

晶闸管弧焊逆变器是第一代弧焊逆变器，晶体管和场效应管弧焊逆变器是第二代，IGBT 弧焊逆变器为第三代。

晶闸管弧焊逆变器工作频率较其他逆变电源低，但它具有单管导通电流大、耐压高、正向压降低、过载能力强等优点，仍保持单机输出功率最大的纪录，而且在输出电流大于 300A 时，它的单位电流重量与其他逆变电源相差不大，加上技术成熟、产品可靠、价格便宜，所以仍占有一部分市场。

表 5-3 晶闸管、晶体管、场效应管、IGBT 弧焊逆变器性能比较

项　目	晶闸管(SCR)弧焊逆变器	晶体管(GTR)弧焊逆变器	场效应管(MOSFET)弧焊逆变器	绝缘栅双极晶体管(IGBT)弧焊逆变器
驱动类型		电流	电压	电压
逆变频率/kHz	2～5	20	50	20～30
控制极关断特性	不可关断	可关断	可关断	可关断
控制极驱动功率	小	大	小	小
有无二次击穿	无	有	无	无
耐压	高	高	低	较高
单管导通电流	大	大	小	较大
高速化	难	难	极容易	容易
开关损耗	小	大	小	小
调制方式	定脉宽调频率	定频率调脉宽	定频率调脉宽	定频率调脉宽
并联工作	单管容量大,不必多管并联	容易	很容易	容易
优点	可靠性高,价格低,触发功率低	频率较高,易控制,无级调参数	频率高,驱动功率小	频率高,驱动功率小,容量大
缺点	频率低,有噪声,关断难	价高,容量较小,存在二次击穿,驱动功率较大	容量很小	

　　晶体管弧焊逆变器由于晶体管本身存在的一些问题,投入生产和实际应用后其效果都不很理想。另外,它问世不久便有各方面性能比它优越的 IGBT 弧焊逆变器出现,故除日本外,其他国家基本都未组织过大规模生产。

　　场效应管弧焊逆变器由于逆变频率可达 50kHz 甚至更高,在小功率电源的应用方面成绩显著。1993 年埃森博览会上首次展出 1 台逆变频率 100kHz、额定电流 130A、质量仅 4kg 的场效应管弧焊逆变器。

　　IGBT 综合了晶体管和场效应管的优点(但它的频率比场效应管弧焊逆变器低),使得 IGBT 弧焊逆变器是目前最有前途的逆变式焊接电源。IGBT 弧焊逆变器正趋向全面替代晶体管弧焊逆变器、部分替代晶闸管弧焊逆变器(除超高压、特殊性大容量场合)和场效应管弧焊逆变器(除高频和小功率应用外)。它正在向大功率方面发展。

　　各类弧焊逆变器简述如下。

1. 晶闸管弧焊逆变器

　　晶闸管弧焊逆变器的大功率电子开关是晶闸管,该管是最早应用于逆变器的大功率电子开关,技术成熟、容量大,但开关速度慢。晶闸管弧焊逆变器的特点如下。

　　① 工作可靠性高。因为晶闸管的生产技术已很成熟。

　　② 因逆变工作频率较低,故在焊接过程中存在噪声,且不利于效率的提高和进一步减轻重量和减小体积。

　　③ 驱动功率低,控制电路较简单。

　　④ 控制性能不够好,原因是晶闸管触发导通后关断困难。

　　⑤ 晶闸管的价格相对较低,故晶闸管弧焊逆变器成本较低。

　　⑥ 单管容量大,不必解决多管并联的复杂技术问题。

⑦ 采用"定脉宽调频率"方式调节焊接工艺参数。

典型产品介绍：ZX7-400 型晶闸管弧焊逆变器主要用于焊条电弧焊。其外特性曲线为恒流加外拖，即工作段为恒流特性，当电弧电压低于某一预定值时曲线外拖，输出较大电流而使焊条不至于与工件粘上。外拖电流大小可根据工艺需要来调整。其主要技术参数见表5-2。

以晶闸管逆变焊条电弧焊电源为基础，主电路完全相似，将控制电路稍作改变，即可得到晶闸管逆变 TIG、MIG、MAG 焊电源。

2. 晶体管弧焊逆变器

晶体管弧焊逆变器的大功率电子开关是晶体管。与晶闸管弧焊逆变器相比较，晶体管弧焊逆变器有如下特点。

① 工作频率较高，电源体积和质量小。

② 可以无级调节焊接工艺参数，操作方便。

③ 控制性能较好。

④ 成本较高。

⑤ 晶体管存在二次击穿问题，且驱动功率较大。

⑥ 采用"定频率调脉宽"方式调节焊接工艺参数。

典型产品介绍：LHL315 型晶体管弧焊逆变器主要用在 MIG 焊、MAG 焊、TIG 焊和焊条电弧焊以及作为弧焊机器人的弧焊电源。其主要技术参数见表 5-2。

3. 场效应管弧焊逆变器

场效应管弧焊逆变器的大功率电子开关是场效应管。晶体管弧焊逆变器与晶闸管弧焊逆变器相比，虽然提高了逆变频率，有利于提高效率，减小电源的体积和重量，但它的过载能力差，热稳定性不好，存在二次击穿和需要较大的电流驱动。而场效应管弧焊逆变器比晶体管的开关速度更快、所需控制功率更小、安全工作范围更宽、工作性能更为优越。它的特点如下：

① 控制功率极小。

② 工作频率高，可达 40kHz，甚至超过 100kHz，有利于提高效率、减小重量和体积。

③ 多管并联容易。

④ 过载能力强，动特性更好。

⑤ 管子的容量较小，成本较高。

⑥ 采用"定频率调脉宽"方式调节焊接工艺参数。

典型产品介绍：NZC6-315 型场效应管弧焊逆变器可以输出直流、脉冲和矩形波交流焊接电流，广泛应用于焊条电弧焊、TIG、MIG 焊、等离子焊、等离子切割、自动焊和机器人焊接等。其主要技术参数见表 5-2。

4. IGBT 弧焊逆变器

IGBT 弧焊逆变器的大功率电子开关是 IGBT，它较好地综合了晶体管弧焊逆变器和场效应管弧焊逆变器的性能优点，但工作频率低于场效应管弧焊逆变器。

典型产品介绍：ZX7-315 型 IGBT 弧焊逆变器可输出直流、脉冲和矩形波交流，具有多种外特性，广泛应用于焊条电弧焊、CO_2、MAG、MIG 焊、等离子焊、等离子切割等。其主要技术参数见表 5-2。

IGBT 弧焊逆变器的常见故障与维修见表 5-4。

表 5-4　IGBT 弧焊逆变器的常见故障与维修

故 障 现 象	故 障 原 因	排 除 方 法
主电路空气开关合上,风机工作异常	1. 电源线未接好 2. 风机电源线脱落	1. 接好电源线 2. 接好风机电源线
控制电路开关合上,前面板无输出显示	1. 保险管烧坏 2. 接线脱落 3. 前面板电源指示灯烧坏	1. 更换保险管 2. 检查接线并接好 3. 更换指示灯
欠压指示灯亮,电压表读数为 0,电流表显示预设值	电网电压过低	待电网电压恢复正常后再开机
过热指示灯亮,电压表读数为 0,电流表显示预设值	焊机通风条件不好;环境温度过高,超负载持续率使用.	温度降低后自动恢复
过流指示灯亮,电压表读数为 0,电流表显示预设值	1. 逆变电路瞬时过流,无损坏 2. IGBT 模块过流,损坏 3. 输出整流二极管损坏 4. 高频变压器损坏 5. 电流传感器损坏 6. 吸收电路板损坏	1. 关机再开机 2. 更换 IGBT 模块 3. 更换输出整流二极管 4. 更换高频变压器 5. 更换电流传感器 6. 更换吸收电路板
前面板旋钮调节失效	1. 接线脱落 2. 电位器损坏 3. 电源处于遥控状态	1. 检查接线并接好 2. 更换电位器 3. 解除遥控状态
前面板 50℃指示灯亮,焊机仍正常工作	焊机负荷过重,有过热保护趋势	适当降低负载持续率
焊钳及电缆发烫,"＋"、"－"插座发烫	1. 焊钳容量太小 2. 电缆太细 3. 插座松动;焊钳与电缆接触电阻大	1. 更换大焊钳 2. 更换粗电缆 3. 去除氧化皮,并重新拧紧

七、逆变式焊接电源的发展方向

随着大功率电子开关如晶闸管、晶体管、场效应管、IGBT 等的出现并不断改进和发展,以及集成电路、微电子技术的不断进步,为逆变式焊接电源不断发展和推广创造了条件。逆变式焊接电源已推广到电弧焊、电阻焊、特种焊接、切割等各种焊接工艺方法,从手工焊到机械化焊、自动焊、机器人焊接等,传统的各种焊接方法和电源设备能用上的场合均可应用逆变式焊接电源,它甚至超过传统弧焊电源的应用范围。

逆变式焊接电源向着大容量、轻量化、高效率、模块化、智能化方向发展并以提高可靠性、性能及拓宽用途为核心,具体来说,有以下几方面。

① 提高产品的可靠性。

② 沿 20kHz 的技术路线开发研制 50kHz、100kHz 甚至更高频率的逆变式焊接电源。

③ 朝着降低电力电子器件开关功耗,提高开关频率的零电压、零电流开关（软开关）技术方向发展。

④ 朝着轻量化和大容量化方向发展,如市场需要 1000～2000A 的逆变式埋弧焊机、大功率等离子喷涂逆变器和电阻焊机等。

⑤ 朝着性能优化方向发展。一方面利用电子控制的优点,对电源进行多种形状的外特性控制,适应一机多种焊接切割功能的需要;另一方面,对 CO_2 焊的电流波形进行控制,以减少飞溅及改善焊缝成形。

⑥ 朝智能控制方向发展。

⑦ 研究功率因数校正和减少电网谐振干扰的方法。

第三节　脉冲弧焊电源

一、脉冲弧焊电源的特点、分类和获得方法

1. 概述

脉冲弧焊电源所提供的电流是周期性脉冲式的，一般有两种电流，即基本电流（维弧电流）和脉冲电流。这两种幅值交替变化的电流可以分别由两个电源提供，也可以由一个电源提供。

在生产实践中，对薄板和热输入敏感性大的金属材料以及全位置施焊等工艺，若采用一般电流进行焊接，则在熔滴过渡、焊缝成形、接头质量以及工件变形等方面不够理想。而采用脉冲电流进行焊接，由于可以精确控制焊缝的热输入，高温停留时间短，可以用低于喷射过渡临界电流的平均电流来达到喷射过渡，因此不仅缩小了熔池体积，改善了焊缝成形，同时缩小了热影响区，有利于改善接头组织、减小形成裂纹和变形的倾向，对全位置焊接有独特的优越性。

2. 脉冲弧焊电源的特点

① 提供周期性变化的脉冲焊接电流，便于对电弧功率和熔池大小进行控制。

② 可调的焊接工艺参数多，基本电流大小、脉冲电流幅值、脉冲频率、脉冲电流宽度比、脉冲电流的上升斜率和下降斜率等参数可调。

③ 可以利用普通弧焊电源改造而成。

3. 脉冲弧焊电源的分类

（1）按获得脉冲电流所用的主要器件不同可分为：

① 单相整流式脉冲弧焊电源；

② 磁饱和电抗器式脉冲弧焊电源；

③ 晶闸管式脉冲弧焊电源；

④ 晶体管式脉冲弧焊电源；

⑤ 逆变式脉冲弧焊电源。

（2）按脉冲电流电源与基本电流电源的组合可分为：

① 并联式（即双电源式）脉冲弧焊电源；

② 一体式（即单电源式）脉冲弧焊电源。

4. 脉冲电流的波形

脉冲弧焊电源可获得正弦半波（或局部正弦半波）、矩形波和三角形波三种最基本的脉冲电流波形。

5. 脉冲电流的获得方法

脉冲电流可以通过多种方法来获得，目前主要有以下几种基本方式。

（1）利用硅二极管的整流作用获得脉冲电流　如图 5-9 所示，采用硅二极管单相整流器提供脉冲电流，可获得频率为 100Hz 和 50Hz 的两种脉冲电流。

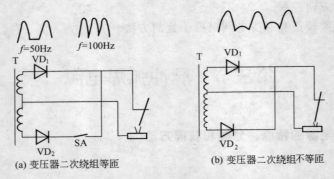

图 5-9 利用硅二极管的整流作用获得脉冲电流

（2）利用阻抗变换获得脉冲电流

① 变换交流侧阻抗值。如图 5-10(a) 所示，令交流侧阻抗 Z_1、Z_2、Z_3 值不相等而获得脉冲电流。

② 变换直流侧阻抗值。如图 5-10(b) 所示，采用大功率晶体管组来获得脉冲电流。

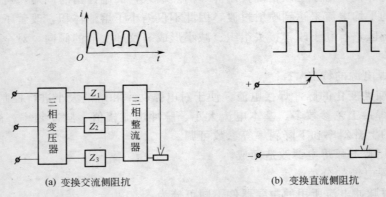

图 5-10 利用阻抗变换获得脉冲电流

（3）利用电子开关获得脉冲电流 如图 5-11 所示，在直流弧焊电源的交流侧或直流侧接上大功率晶闸管，分别组成晶闸管交流断续器或直流断续器，借助它们作为电子开关获得

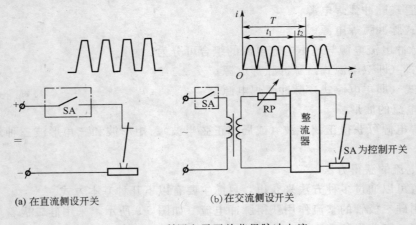

图 5-11 利用电子开关获得脉冲电流

脉冲电流。

（4）利用给定信号变换和电流截止反馈获得脉冲电流

① 给定信号变换式。在晶体管式、晶闸管式、逆变式弧焊电源的控制电路中，把脉冲信号指令送到给定环节，从而在主回路中得到脉冲电流。

② 电流截止反馈式。通过周期性变化的电流截止信号，使晶体管式弧焊电源获得脉冲电流输出。

二、脉冲弧焊电源的应用

① 适用于各种气体保护焊、等离子弧焊、焊条电弧焊。

② 借助窄间隙脉冲气体保护焊可对厚度在 150mm 以上的厚大工件进行焊接，也可对厚度仅几十微米的超薄金属板进行焊接。

③ 除用于普通金属及其低合金材料焊接外，特别适用于普通电弧焊难以胜任的对热输入敏感性大的高合金钢或稀有金属的焊接。

④ 用于全位置自动焊、管道自动焊，具有独特的优越性。

⑤ 适用于单面焊双面成形和封底焊等。

⑥ 晶闸管式、晶体管式和逆变式脉冲弧焊电源可用于机器人弧焊工艺。

总之，脉冲弧焊电源具有很多优越性，在焊接工艺中得到越来越广泛的应用。用这种先进焊接电源焊接出来的接头质量高、成形美观、变形较小、合金元素烧损少、节约电能，是一种很有发展前途的新型弧焊电源。

三、常用脉冲电源

1. 并联式单相整流脉冲弧焊电源

图 5-12 所示为并联式单相整流脉冲弧焊电源的电路原理。它用一台普通直流弧焊电源提供基值电流，另外用一台有中心抽头的单相半波或全波整流器提供脉冲电流，将上述两电源并联，提供脉冲弧焊电源。

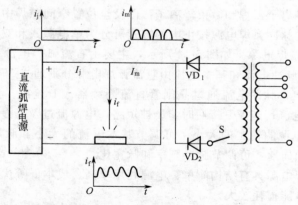

图 5-12　并联式单相整流脉冲弧焊电源的电路原理

基本电流一般采用陡降特性的弧焊电源，脉冲电流一般采用平特性的整流器。当开关 S 断开时为半波整流，脉冲频率为 50Hz；当开关 S 闭合时为全波整流，脉冲频率为 100Hz。改变抽头的位置可调节脉冲电流的幅值。

这种脉冲电源结构简单，制作容易，基本电流和脉冲电流均可调节，使用可靠，成本低。但是它的调节参数不多，所以只适用于一般要求的脉冲弧焊工艺。

2. 可调并联式单相整流脉冲弧焊电源

其原理如图 5-13 所示，是由两台电压可调、电压和容量都不同的单相半波整流器反向并联而成，在正负半周交替工作。二次电压较高者为脉冲电流，较低者为基本电流。调节 u_1 和 u_2 时，可调节基本电流和脉冲电流的幅值。

该脉冲弧焊电源的两个电源均采用平外特性，可用于等速送丝熔化极电弧焊，具有电弧稳定、使用和调节方便等特点。但制造复杂。

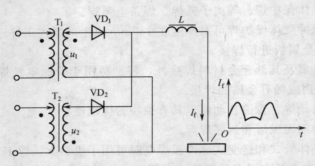

图 5-13　可调并联式单相整流脉冲弧焊电源的电路原理

3. 晶闸管式脉冲弧焊电源

晶闸管式脉冲弧焊电源可分为断续器式和给定值式两种。

（1）断续器式脉冲弧焊电源　断续器式脉冲弧焊电源又可分为交流断续器式和直流断续器式两种。

交流断续器式脉冲弧焊电源是在普通弧焊整流器的交流回路中，即在主变压器的一次绕组或二次绕组中接入晶闸管交流断续器，通过晶闸管周期性的导通和关断，获得脉冲电流。

直流断续器式脉冲弧焊电源是在弧焊整流器的直流回路中接入直流晶闸管断流器，通过晶闸管周期性的导通和关断，可获得近似矩形波的脉冲电流。这种电源应用在非熔化极氩弧焊、熔化极氩弧焊、等离子弧焊和微束等离子弧以及全位置窄间隙焊中。

采用直流断续器的脉冲弧焊电源按供电的方式可分为单电源式和双电源式两种。

① 单电源式脉冲弧焊电源。如图 5-14 所示，主要由直流弧焊电源、晶闸管直流断续器 VT、电阻 R 等组成。脉冲电流和基本电流由直流弧焊电源分别通过 VT 和电阻 R 提供，基本电流通过电阻 R 流出，脉冲电流通过晶闸管直流断续器 VT 流出。当 VT 断开时，电源通过电阻 R 提供基本电流；当 VT 接通时，R 被短路，电源流过 VT 提供脉冲电流。通过改变电阻 R 和直流弧焊电源的输出的大小，可调节基本电流的大小和脉冲电流的幅值；通过改变 VT 接通和关断的周期，可调节脉冲频率和脉宽比。

单电源式脉冲弧焊电源具有结构简单、电源利用率高、成本低等优点。但它利用电阻限流来提供基本电流，电能损耗较大。

② 双电源式脉冲弧焊电源。如图 5-15 所示，是由两个电源并联供电。基本电流由额定电流较小的直流电源供电；脉冲电流由额定电流较大的直流电源供电。通过晶闸管直流断续器来控制脉冲电流的通与断。

（2）给定值式脉冲弧焊电源　它的工作原理与晶闸管弧焊整流器的工作原理基本相同。

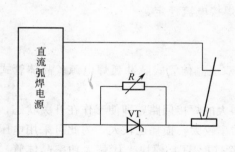

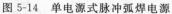

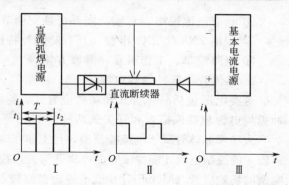

图 5-14　单电源式脉冲弧焊电源　　　图 5-15　双电源式脉冲弧焊电源

两者间所不同的是，晶闸管弧焊整流器控制电路中的比较电路的给定值为直流电压，主电路输出电流为一般直流电；而给定值式脉冲弧焊电源控制电路中的比较电路的给定值为脉冲电压，主电路输出电流为脉冲电流。当给定脉冲电压为高幅值时，主电路输出相应幅值的脉冲电流；当给定脉冲电压为低幅值时，主电路输出相应幅值的基本电流。调节给定脉冲电压的脉宽比和脉冲频率，即可调节输出电流的脉宽比和脉冲频率。目前，在晶体管式、晶闸管式、逆变式脉冲弧焊电源中，多采用在控制电路把脉冲信号指令送到给定环节，从而在主回路中可得到脉冲电流。

WSM 系列钨极脉冲氩弧焊机由 KW 控制器与 ZX5 系列晶闸管弧焊整流器或 ZX7 系列逆变式弧焊整流器组合而成，是目前国内使用较多的产品之一。KW 控制器的作用是控制氩弧焊的工艺程序（提前送气、滞后停气、通断电流、通断高频引弧器等），为整流器提供给定值的脉冲信号，并实现电流递增衰减和实施安全保护。

WSM-250 型钨极脉冲氩弧焊机的主要技术参数如下。

空载电压：58V

额定焊接电流：250A

脉冲峰值电流调节范围：25～250A

脉冲基值电流调节范围：25～60A

脉冲峰值时间调节范围：0.02～3s

脉冲基值时间调节范围：0.02～5s

电流递增时间：0～5s

电流衰减时间：0～15s

提前送气时间：3s

滞后停气时间：15s

引弧方式：高频振荡引弧

额定负载持续率：60%

WSM 系列焊机的主要特点：

① 既有直流工作方式又有脉冲工作方式，拓宽了使用范围，尤其适用于薄板焊接和全位置焊接。

② 采用无触点控制，提高了工作可靠性。

③ 脉冲周期调节采用 15 挡刷形开关，且脉冲峰值时间和基值时间均可独立调节，调节范围宽。

④ 具有电流递增、衰减功能并可独立调节其速度。

⑤ 配用 ZX5 或 ZX7 电源，具有陡降外特性，焊接电流稳定。

⑥ 电路简单、工作可靠、维修方便。

4. 晶体管类脉冲弧焊电源

这类电源包括晶体管式和场效应管式、绝缘栅双极晶体管式脉冲弧焊电源。晶体管式脉冲弧焊电源包括模拟式和开关式两种。

大功率晶体管属于电流控制型，且工作在电流很大的焊接回路，即使工作在开关状态，也需较大的控制电流才能保证它的可靠开与关，控制功率较大，损耗也较大，为此可采用电压控制型的场效应管（MOSFET）或绝缘栅极双极晶体管（IGBT）模块来代替大功率晶体管。场效应管式或 IGBT 脉冲弧焊电源与大功率晶体管相比，具有控制功率极小、开关速度快、易于并联（IGBT 通常不需要并联）等优点。三者均采用"定频率调脉宽"的调节方式。

5. 逆变式脉冲弧焊电源

包括晶闸管式、晶体管式、场效应管式和 IGBT 脉冲弧焊电源。对于晶闸管式逆变脉冲弧焊电源，因其采用 PFW 调制方式，逆变器的工作频率愈高，焊接电流或电压也就愈大，当逆变器的工作频率按脉冲的规律变化，在频率高时输出脉冲电流，频率低时输出维弧电流。

晶体管式、场效应管式和 IGBT 脉冲弧焊电源采用 PWM 调制方式，给定信号值越大，脉冲的宽度越大，输出的平均电流或电压也就越大，如果给定信号值按脉冲的规律变化，一段时间内大，一段时间内小，则脉冲的宽度也会按此给定信号值的大小而变化，使得输出的平均电流在一段时间内大（成为脉冲电流），一段时间内小（成为维弧电流）。这种通过 PWM 低频调制获得的脉冲电流和维弧电流，其波形如图 5-16 所示。

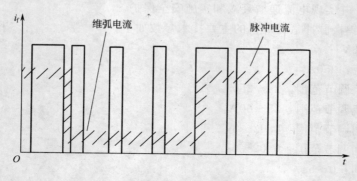

图 5-16　PWM 低频调制获得的脉冲电流和维弧电流

第四节　矩形波交流弧焊电源

钨极氩弧焊（TIG）一般采用直流正极性，以保证电弧稳定、钨极寿命长及焊缝成形好。但在焊接铝、镁及其合金时，由于熔池表面和坡口边缘存在一层不易清理的致密高熔点氧化膜，妨碍焊接正常进行。而直流反极性 TIG 焊具有"阴极破碎"作用，能有效清除该高熔点氧化膜，有利于焊接铝、镁及其合金。故用 TIG 焊对铝、镁及其合金进行焊接时，传统方法是采用工频正弦波交流电源，利用反极性时的"阴极破碎"作用清除表面难熔氧化物，并使钨极得到冷却；利用正极性时钨极承载能力大而使焊缝得到足够的熔深。但这种焊接电源的电弧稳定性不好，正负半波通电比例不可调，对于薄铝件小电流焊接、单面焊双面成形、高强度铝合金焊接等，焊接质量难以保证；存在直流分量问题；工频交流焊接电源不能用于一般的碱性焊条电弧焊。采用矩形波交流弧焊电源则可以克服上述缺点。

一、矩形波交流弧焊电源的特点和应用

1. 特点

矩形波交流电源在电流过零点时上升与下降速率高，通过电子控制电路使正负半波通电时间比和电流比均可调。矩形波交流弧焊电源用于铝及铝合金的 TIG 焊接时，在焊接工艺上有如下特点：

① 电弧稳定，电流过零点时电弧重新引燃容易，不必加装稳弧器。

② 抗干扰能力强。

③ 具有电网电压补偿、无级调节和遥控等功能。

④ 外特性可为下降特性、恒流特性、缓降特性或恒流加外拖特性。

⑤ 可以调节正负半波通电时间比，在保证阴极破碎作用的前提下增大正极性电流，获得更佳的熔深，提高焊接生产率和延长钨极的使用寿命。

⑥ 调节工件上的线能量，利用电弧热和电弧力的作用满足某些弧焊工艺的特殊要求。

⑦ 无需消除直流分量。

2. 应用

矩形波交流弧焊电源最主要用于铝及其合金的交流钨极气体保护焊，也可代替普通直流电源用于碱性焊条电弧焊及埋弧焊、交流等离子弧焊等，用于碱性焊条电弧焊时具有电弧稳定、飞溅小的特点。

二、矩形波交流弧焊电源分类及原理

按获得矩形波交流电流的原理和主要器件的不同，矩形波交流弧焊电源主要有晶闸管电抗器式、单逆变式（弧焊整流器加矩形波交流发生器）、双逆变式（弧焊逆变器加矩形波交流发生器）等几种。

1. 晶闸管电抗器式矩形波交流弧焊电源

（1）基本原理框图　晶闸管电抗器式矩形波交流弧焊电源的基本原理框图见图 5-17。工频正弦交流电经变压器降压后，通过晶闸管桥的开关和直流电抗器的储能作用，即可获得矩形波交流电。

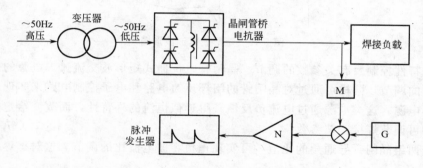

图 5-17　晶闸管电抗器式矩形波交流弧焊电源基本原理框图

（2）矩形波交流电流的获得原理　该弧焊电源的主电路如图 5-18 所示，由变压器、晶闸管桥和直流电抗器组成，电弧放在交流侧与变压器二次绕组串联。

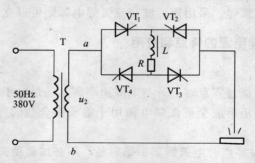

图 5-18　晶闸管电抗器式矩形波交流弧焊电源主电路图

其工作原理如下：两对晶闸管组 VT$_1$、VT$_3$ 和 VT$_2$、VT$_4$ 的门极由控制电路轮流触发后导通，经电抗器 L 的滤波作用，可在输出端获得矩形波交流电。所获得的矩形波形状见图 5-19，图（a）为 u_f 波形，图（b）为 i_f 波形，图（c）为 i_f 实际波形。只要 L 的电感量足够大，则电流为平稳直流。

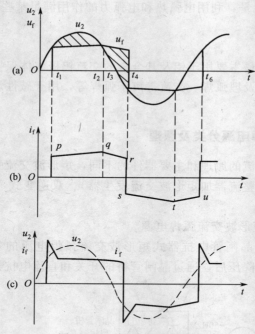

图 5-19　矩形波电流波形图

（3）外特性控制及有关参数的调节　晶闸管电抗器式矩形波交流弧焊电源的外特性控制及有关参数的调节，同样可通过对晶闸管的闭环反馈电路和电子控制电路来实现，属于电子控制型弧焊电源。这类电源通过电流负反馈获得近似恒流的外特性，而改变给定电路的给定电压值，即可调节焊接工艺参数。

若改变两组晶闸管导通角的比值，可实现正负半波电流比的调节。这对于焊缝成形有重要影响。

此外，直接从电抗器两端接负载，则输出的是直流电。故该电源易于实现交、直流两用。

（4）产品介绍　WSE5-315 型国产焊机为交、直流两用，可用于 TIG 焊、碱性焊条电弧焊等焊接方法，其主要技术参数如下。

电网电压：380V

空载电压：80V

额定焊接电流：315A

额定负载持续率：60%

电流调节范围：20～315A

额定输入容量：25kV·A

电流比：30%～70%

2. 单逆变式矩形波交流弧焊电源

（1）单逆变式矩形波交流弧焊电源基本原理　其基本原理框图如图 5-20 所示。工频正弦波交流电经变压器降压和晶闸管整流器整流，成为几十伏的直流电，再经晶闸管逆变器的开关和转换作用，即可获得矩形波交流电。

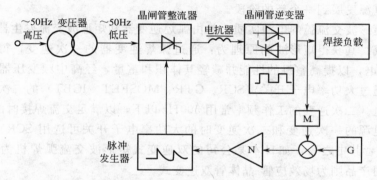

图 5-20　单逆变式矩形波交流弧焊电源基本原理框图

（2）矩形波交流电流的获得原理　如图 5-21（a）所示，通过控制 VT_1、VT_3 和 VT_2、VT_4 两组晶闸管轮流导通，以切换电弧电流的方向，同时控制两组晶闸管导通时间的长短和通电时间的比值，即可获得频率和正负半波通电时间比例不同的矩形波交流电。这种方法得到的矩形波每半波电流的前沿带尖峰，如图 5-21（b）所示，有利于电弧的重新引燃。

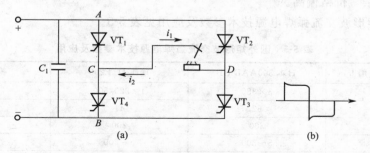

图 5-21　晶闸管矩形波弧焊逆变器原理

由上可知，单逆变式矩形波交流弧焊电源主要由通用直流弧焊电源和矩形波交流发生器（即晶闸管式逆变器）组成，其中直流弧焊电源可以采用磁饱和电抗器式硅弧焊整流器，也可以采用晶闸管弧焊整流器，但从控制性能和弧焊性能来看，最好采用晶闸管弧焊整流器。

（3）外特性的控制及有关参数的调节　可通过对主要整流元件晶闸管的闭环反馈电路和电子控制电路来实现。它属于电子控制型弧焊电源，改变晶闸管的导通角可调节直流电压的幅值，即可调节矩形波交流电幅值的大小；改变逆变器中晶闸管触发脉冲的相位角，即可调节正负半波通电时间比和频率。

（4）产品介绍　某晶闸管逆变器式矩形波交流弧焊电源的主要技术参数如下。

焊接电流：10～300A

交流电流频率：1～100Hz

正半波通电时间与周期比值的调节范围：30%～70%

在用小电流对铝及其合金的薄板进行交流氩弧焊时，要求电源具有良好的稳弧性能。这种矩形波交流电源在用10A电流进行焊接时，电弧仍十分稳定，这是一般交流氩弧焊机难以达到的。

3. 双逆变式矩形波交流弧焊电源

随着逆变技术的不断发展，出现了双逆变式矩形波交流弧焊电源。这种电源改变并完善了矩形波交流电源的工艺特点，又提高了整机的性能，同时减小了整机的体积和重量，使矩形波交流弧焊电源发展到一个新的阶段。

双逆变式矩形波交流弧焊电源实质上是由弧焊逆变器和矩形波交流发生器（即大功率电子逆变器）组成。其获得矩形波的原理为：通过弧焊逆变器的一次逆变，得到频率为5～100kHz的交流电，以提高整机的性能并减轻其体积和重量，经高中频变压器降至适合焊接的低电压后，通过大功率电子开关（SCR、GTR、MOSFET、IGBT）的二次逆变，即可获得矩形波交流电。二次逆变的工作频率常用500Hz以下，以满足交流焊接时的工艺要求。

这种弧焊电源的一次逆变和二次逆变时的大功率电子开关可选用SCR、GTR、MOS-FET、IGBT四者其中之一，如日本某公司的双逆变式矩形波交流弧焊机为晶体管双逆变式；瑞典某公司产品则为场效应管-晶体管双逆变式。

双逆变式矩形波交流弧焊电源兼有逆变式焊接电源和矩形波交流弧焊电源的特点：

① 易于控制焊接参数，动态性能好。

② 效率高、体积小、重量轻。

③ 过零速率高，电弧稳定。

④ 正半波通电时间与周期比值的调节范围宽，达到10%～90%。

⑤ 线路复杂，价格偏高。

部分国外矩形波交流弧焊电源技术参数及应用见表5-5。

表 5-5　国外矩形波交流弧焊电源技术参数及应用

技术参数及应用	日本 300AAD-GP	瑞典 DTE200	德国 TIG404
电源电压/V	3×380	1×220/500	3×380
空载电压/V	62	41	98
额定电流/A	300	200	400
电流调节范围/A	5～300	5～200	6～400
额定负载持续率/%	40	35	35
额定容量/kV·A	12.5		13.5
质量/kg		135	280
外形尺寸/mm	280×535×495		1080×640×960
应用	矩形波交流钨极氩弧焊,直流钨极氩弧焊,碱性焊条电弧焊		

第五节 数字化弧焊电源

近几十年来，计算机技术、自动控制技术迅速发展，推动了弧焊电源控制技术的发展，使弧焊电源的控制技术经历了由粗放型到高精确控制型的转变。

一、数字化弧焊电源的概念

数字化就是按照一定的规则，把连续变量（信号）变成数字序列形式表示的离散变量（信号），也就是数字变量（信号）。

数字化弧焊电源是指焊机主要的控制电路由数字控制技术替代传统的模拟控制技术，在控制电路中的控制信号也随之由模拟信号过渡到 0 和 1 编码的数字信号。

数字化弧焊电源的核心是数字控制系统。目前弧焊电源数字控制系统大多是以微控制器（MCU）和数字信号处理器（digital signal processor，DSP）为核心。在弧焊电源控制系统中应用较多的 MCU 是各种型号的单片机，有 8 位和 16 位的。DSP 是一种新型的、结构经过优化的数字信号处理器，数据处理能力较强，在高速实时应用的场合，DSP 更能满足大量、快速运算的需要。DSP 控制技术极大地推动了数字化弧焊电源的发展，是目前弧焊电源数字化中的核心技术。

二、数字化弧焊电源的基本结构

图 5-22 是一种数字化弧焊电源系统的结构框图。该电源的主电路是逆变电路，其数字化控制系统采用了单片机和 DSP 双数字处理器。在弧焊电源数字控制中，利用传感器进行电流、电压信号的采样，并将电流、电压反馈信号直接输入 DSP，通过 DSP 内部的 A/D 转换器，将电流、电压反馈的模拟信号转变为数字信号；电流、电压的给定信号以数字量的形式由控制面板输入到单片机，经过单片机处理传送给 DSP；DSP 根据电流、电压给定值与反馈值，基于一定的数字控制规则和算法进行运算，产生 PWM 信号脉冲序列；DSP 输出的 PWM 信号通过驱动电路，控制弧焊电源逆变电路功率开关器件的通断，得到电源的输出

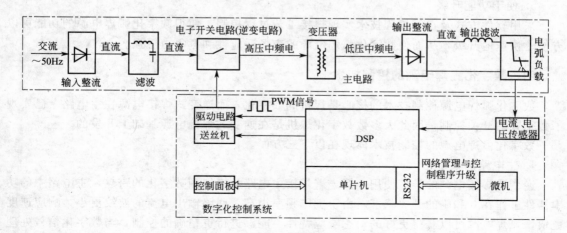

图 5-22 数字化弧焊电源系统的结构框图

电压和电流。

三、数字化弧焊电源的特点

弧焊电源采用模拟控制有如下缺陷：采用模拟器件进行电路设计的效率低；电路的调试周期长；由于模拟器件的温度稳定性和老化问题，使得模拟器件的控制精度降低，可靠性下降。

数字化弧焊电源是采用计算机技术以 0 和 1 的方式来完成对弧焊工艺过程的闭环控制的。数字化弧焊电源由于融合了计算机技术的发展成果，在控制系统上实现了由硬件控制向软件控制的过渡。数字化控制的弧焊电源有如下特点。

1. 多功能集成

对于数字化弧焊电源来说，电源的控制通过数字控制器中的软件编程代替模拟式硬件电路，同一套硬件电路可以实现不同的焊接工艺控制，从而使焊机实现多功能集成。对于模拟系统，系统的配置和增益由阻容网络等硬件参数所决定，一旦确定就很难改变，而对于数字化控制系统，仅仅是改变软件而已。

2. 接口的兼容性好

数字化弧焊电源具有良好的接口兼容性。由于数字化弧焊电源大量采用单片机、DSP等数字芯片，数字控制系统可以便捷地与外部设备建立数据交换通道，实现大量的信息交换。随着现代焊接生产网络化管理的发展和普及，数字化弧焊电源良好的接口，可以方便地建立机器人焊接系统、焊接主产的网络化管理与监控等。

3. 具有更好的稳定性

在数字化控制中，信号的处理或控制算法是通过软件的加、减、乘、除等运算来完成的，不存在模拟控制电路中的温漂和时漂等问题，因此，其稳定性好，产品的一致性也得到了很好的保证。

4. 具有更高的控制精度

模拟控制的精度，一般由元件参数值引起的误差和运算放大器非理想特性参数引起的误差所决定。而数字化控制的精度仅仅与模-数转化的量化误差及系统字长有关，相对而言，数字化控制可以获得很高的精度。

5. 便于功能升级

采用软件方式及在线编程技术实现焊接工艺过程控制，使得数字化弧焊电源的功能可以方便、快速地升级，从而使数字化弧焊电源的市场适应性和竞争力更强。

四、数字化弧焊电源的控制技术

数字化弧焊电源控制技术的核心是焊机的数字化，而逆变式焊接电源在主电路上已实现了数字式的开关控制，因此大多数数字化焊机是在逆变式焊接电源基础上开发的。

数字化弧焊电源的控制技术体现在以下三方面。

1. 主电路的数字化

逆变式焊接电源的推广使用，标志着焊接主电路从模拟到数字化的跨越，主电路中的功率器件工作在 0 和 1 的开关状态。由于工作频率提高，回路输出电流的波纹更小，响应速度更快，弧焊电源可以获得更好的动态响应特性，能够进行更精确的控制，与数字化信号处理和控制技术相结合，可大大增强其功能和性能。

2. 控制电路的数字化

控制电路的数字化，一般是以 MCU 或 DSP 为核心，根据弧焊工艺要求构建控制通道，对给定信号、反馈信号和网压信号进行综合处理与运算、控制，达到弧焊电源数字化、信息化、柔性化的控制。

3. 专家数据库软件系统

弧焊电源发展到数字化阶段要体现实际操作的简单、方便。将专业人员进行大量工艺实验得到的专家参数输入到焊机内部形成专家系统，这样可大大提高数字化弧焊电源的操作性，操作者只需按动操作界面上的按钮便可方便地调用焊接所需的参数进行焊接。

五、数字化弧焊电源的发展

数字化弧焊电源的发展经历了两个阶段。

① 以单片机控制的逆变式焊接电源。以 8098 或 80C196 为代表的单片机控制弧焊电源基本上属于数字化焊机开创时期的产品。单片机在焊机中的主要作用是完成焊机的管理和焊接参数的给定，焊接工艺中的恒压、恒流控制则通过模拟的 PI 控制器来完成。

② 以 DSP 为控制核心，实现焊接的直接数字化控制，包括控制信号的高速并行处理、PWM 信号的直接输出、工艺参数的数据库管理等。从某种意义上说，只有在数字化焊机进入到直接数字化阶段才真正地实现了数字化，才能充分体现出数字化控制所带来的优势。

数字化弧焊电源正向着机器人焊接系统、网络化焊接、柔性制造和智能化方向发展。

值得一提的是以模糊逻辑、人工神经网络和专家系统为标志的人工智能技术在弧焊电源和焊接质量的控制中也出现了一些成熟的应用技术。

如某国外公司的系列产品在一台焊机上实现了 MIG/MAG、TIG 和焊条电弧焊等多种焊接方法，可存储近 80 个焊接程序，实时显示焊接规范参数，通过单旋钮给定焊接规范参数和电源波形参数，可以实现熔滴过渡和弧长变化的精确控制，同时，此类焊接电源还可以通过网络进行工艺管理和控制软件升级。

习　题

5-1　试述晶体管弧焊电源的类型、基本原理及其优缺点。

5-2　开关式晶体管弧焊电源与模拟式晶体管弧焊电源相比，有哪些优点？

5-3　按输出焊接波形的形状不同，晶体管弧焊电源可分为哪两种类型？并简述其优缺点。

5-4　试述逆变式焊接电源的主要组成及其作用。

5-5　简述逆变式焊接电源主电路的基本原理。

5-6　用于逆变式焊接电源的大功率电子开关有哪些？各有什么特点？

5-7　逆变式焊接电源有哪些优点？它可以替代哪些弧焊电源？

5-8　试述四类逆变式焊接电源的优缺点。

5-9　试述四类逆变式焊接电源现阶段在市场中的应用情况。

5-10　逆变式焊接电源有哪几种调制方式？

5-11　晶闸管式弧焊逆变器的调节方式与其他三种弧焊逆变器有什么不同？

5-12　脉冲弧焊电源的主要应用是什么？

5-13 脉冲弧焊电源的可调焊接工艺参数有哪些?

5-14 试述 WSM 系列钨极脉冲氩弧焊电源的主要特点。

5-15 矩形波交流弧焊电源有哪些特点? 主要用途是什么?

5-16 矩形波交流弧焊电源有哪些主要类型? 各自的特点是什么?

5-17 逆变式矩形波交流弧焊电源如何获得正负半波幅值不相等的输出电流?

5-18 什么是数字化? 什么是数字化弧焊电源?

5-19 画出数字化弧焊电源的基本结构图,简述数字化弧焊电源的工作原理。

5-20 数字化弧焊电源的特点是什么?

第六章　弧焊电源的选择和使用

本章主要讲述弧焊电源的选择、安装和使用常识，节约用电、安全用电的常识，电源附件的种类及选择原则，供实际应用时参考。

第一节　弧焊电源的选择、安装与使用

一、弧焊电源的选择

弧焊电源在电弧焊机中是决定电气性能和焊接性能的关键部分。尽管它具有一定的通用性，但不同类型的弧焊电源，其结构、电气性能、主要技术参数及经济性是不同的，具体见表 6-1。因此，在应用时应合理选择，才能确保焊接过程的顺利进行，获得既经济而又性能良好的焊接效果。

表 6-1　弧焊变压器、弧焊整流器、弧焊逆变器技术性、经济性比较

比 较 项 目	弧焊变压器 BX3-300	弧焊整流器 ZXG7-300-1	弧焊逆变器 LHL315
电弧稳定性	低	高	高
极性可换性	无	有	有
磁偏吹影响	很小	较大	较大
空载电压/V	65～70	72	65
触电危险	较大	较小	较小
制造与维修	简单	较简单	较复杂
噪声	不大	小	小
供电方式	单相	三相	三相
质量/kg	190	200	28
额定输入容量/kV·A	20.5	22	10.5
效率	0.83	0.68	0.85
功率因数	0.53	0.65	0.94
价格	最低	较高	最高

一般根据以下几方面来选择弧焊电源：焊接电流的种类；焊接工艺方法；弧焊电源的功率；工作条件和节能要求。

1. 焊接电流种类的选择

焊接电流有直流、交流和脉冲三种基本种类，因而相应有直流弧焊电源、交流弧焊电源和脉冲弧焊电源，此外还有可输出各种电流类型的逆变式焊接电源。

(1) 弧焊变压器具有结构简单、价格便宜、使用可靠、维修容易、效率高等优点，故在焊接普通低碳钢等一般场合可以选用它。

(2) 在如下情况下，则只能选用弧焊整流器：

① 焊接合金钢、铸铁和有色金属等结构。

② 使用某些焊接材料如碱性焊条 E5015 等。

③ CO_2 焊采用活性气体保护，且没有稳弧剂。

④ 弧焊电源除用于焊接外，还需用于碳弧气刨、等离子切割等工艺。

⑤ 电网容量小，要求三相均衡用电。

2. 根据焊接工艺方法选择弧焊电源

不同的焊接工艺方法所需弧焊电源的空载电压、外特性、动特性及焊接工艺参数不同。

(1) 焊条电弧焊（SMAW）　焊条电弧焊要求弧焊电源为下降的外特性，从工艺上看，各种弧焊变压器及具有下降外特性的硅弧焊整流器、晶闸管弧焊整流器和逆变式焊接电源均可满足要求。一般金属钢结构可选弧焊变压器，但推荐使用弧焊整流器，最好是逆变式焊接电源。重要钢结构及铸铁、铝合金等必须采用弧焊整流器。

(2) 埋弧焊（SAW）　等速送丝时宜选用缓降外特性的弧焊电源；变速送丝时，选用陡降外特性的弧焊电源。

一般选用容量较大的串联电抗器式弧焊变压器。如果产品质量要求较高时，则选用弧焊整流器或矩形波交流弧焊电源。随着逆变式焊接电源的大功率化，其将成为埋弧焊的首选电源。

(3) 钨极氩弧焊（TIG）　要求陡降特性或恒流特性的弧焊电源。焊接铝、镁及其合金时，可采用弧焊变压器，但最好采用矩形波交流弧焊电源。其他材料应选用弧焊整流器或逆变式焊接电源。

(4) 熔化极气体保护焊（MIG/MAG/CO_2）　应采用弧焊整流器或逆变式焊接电源，等速送丝时采用平特性，变速送丝时采用下降特性。对要求较高的氩弧焊必须选用脉冲弧焊电源。

(5) 等离子弧焊　选用恒流特性的弧焊整流器或逆变式焊接电源。

(6) 脉冲弧焊　脉冲等离子弧焊和脉冲氩弧焊可选用单相整流式脉冲弧焊电源。在要求高的场合，则选用晶闸管式、晶体管式或逆变式脉冲弧焊电源。

由上可知，一种焊接工艺方法有不止一种能适合其工艺要求的弧焊电源。选用时应综合考虑设备投资、节能情况等其他因素。常用的焊接工艺方法与可匹配的弧焊电源选择可参考表 6-2。

3. 弧焊电源功率的选择

(1) 额定焊接电流的确定　焊接时的主要工艺参数是焊接电流。弧焊电源型号后面的数字表示该型号电源在额定负载持续率下的额定焊接电流，如 ZX5-400 表示该晶闸管弧焊整流器的额定焊接电流为 400A。选择电源时，只要额定负载持续率下的焊接电流不超过该值即可。若电源不是在额定负载持续率下工作，则可按下式换算其在该负载持续率下的最大许用电流

表 6-2 弧焊电源类型及其应用范围

弧焊电源			弧焊方法								弧焊机器人	
类 型		外特性	焊条电弧焊		钨极氩弧焊		熔化极气体保护焊		埋弧焊			
			电流	要求	电流	要求	电流	要求	电流	要求	电流	要求
机械调节型	抽头式弧焊变压器弧焊整流器	下降	AC或DC	低	AC或DC				AC或DC	低		
		平					DC	低				
	动铁式、动圈式弧焊变压器弧焊整流器	下降	AC或DC	低	AC或DC	低			AC或DC	低		
		平										
电磁控制型	磁放大器式弧焊整流器	下降	DC	中	①	中	DC	中	DC	中		
		平					DC	中	DC	中		
	柴(汽)油弧焊发电机	下降	DC	中	DC	中	DC	中	DC	中		
		平					DC	中	DC	中		
电子控制型	晶闸管式弧焊电源	下降	DC	高	①	高	①	高	DC	高	①	高
		平					①	高	DC	高	①	高
	晶体管式弧焊电源	下降	DC	高	①	高	①	高			①	高
		平					①	高			①	高
	逆变式弧焊电源	下降	DC	高	DC	高	①	高	DC	高	①	高
		平					①	高	DC	高	①	高
	矩形波交流弧焊电源	下降	②	高	②	高		高	②	高	②	高
		平					②	高	②	高	②	高

① 直流或脉冲。

② 直流或交流矩形波。

注：1. "DC" 表示直流；"AC 或 DC" 表示交、直流。

2. 高、中、低分别为对焊接要求高、中、低的不同场合。

$$I = I_N \sqrt{\dfrac{FS_N}{FS}}$$

式中　FS_N——额定负载持续率；

　　　FS——某实际负载持续率；

　　　I——FS 下的最大许用电流；

　　　I_N——额定负载持续率下的最大许用电流。

　　弧焊电源的实际负载持续率越大，即连续焊接时间越长，设备温升将越高，故允许使用的最大焊接电流应减小，以避免因温升过高而带来的弧焊电源绝缘遭破坏甚至烧坏有关元件或整机等危险。

　　(2) 额定输入容量（S_N）的确定　弧焊电源铭牌上标明的额定输入容量是电网必须向弧焊电源供应的额定视在功率。据此可以推算出额定初级电流，以便选择动力线直径及熔断器规格。

　　4. 根据工作条件和节能要求选择弧焊电源

　　在一般生产条件下，尽量采用单站式弧焊电源。但在大型焊接车间，如船体制造车间，焊接站数多且集中的情况下，可采用多站式电源。

　　在要求低成本和容易维修时，可选用弧焊变压器；在焊接质量要求较高时可以选择晶闸管弧焊整流器、逆变式弧焊电源或数字化控制的弧焊电源；在工作流动性较强或高空作业较多的情况下可以选择重量较轻的逆变式弧焊电源；在小单位或实验室，设备数量有限而焊接材料种类较多的情况下，可选用交、直流两用或一机多用弧焊电源，有条件的单位可以选用集成化程度高、可控性好、多功能的数字化弧焊电源。

根据常用焊接产品的结构、工件厚度来选择弧焊电源输出的功率（输出额定电流或电压）及调节范围；根据焊接生产的实际情况，注意选择额定负载持续率，如自动焊往往需要考虑负载持续率 100％情况下许用电流的大小；而一般简单维修性焊接情况下，焊缝不长，可选用额定负载持续率低的电源。

弧焊电源是耗电量较大的电气设备之一，在弧焊电源选择过程中，节能是必须要考虑的主要因素之一。由于传统的弧焊发电机效率低（仅 50％左右），空载损耗大（约 1.5～4.2kW·h），而晶闸管弧焊整流器的空载损耗仅为 0.25～0.55kW·h 左右，弧焊逆变器的空载损耗只有几十瓦至百余瓦，效率高达 80％～90％，功率因数约为 0.9～0.99，节能效果比弧焊整流器还要显著。

因此，从节能角度出发，应优先选用高效节能的弧焊电源，如首选逆变式焊接电源，其次为晶闸管弧焊整流器、硅弧焊整流器、弧焊变压器。

二、焊接电源的安装

1. 附件的选择

焊接主回路中除了焊接电源外，还有电缆、熔断器、开关等附件。因而，必须了解这些附件的选择原则。

（1）电缆的选择　电缆包括从电网电路到弧焊电源的动力线和从弧焊电源到工件、焊钳的焊接电缆。

电缆截面面积选得太大，则不能充分发挥电缆的作用，并会增加电缆投资；电缆截面面积选得太小，则会导致电缆上的压降和温升过高，影响焊接质量。

动力线一般选用耐压为交流 500V 的电缆。单芯铜电缆导线截面按电流密度 5～10A/mm² 选取，多芯电缆或电缆长度大于 30m 时，则以 3～6A/mm² 的标准选择。

当电缆长度在 20m 以下时，焊接电缆按电流密度 4～10A/mm² 选择导线截面。当电缆较长时，对按电流密度选择的导线截面适当加大，以考虑电缆压降的影响。

（2）熔断器的选择

① 弧焊变压器和弧焊整流器熔丝额定电流 I_{er} 略大于弧焊电源额定一次电流 I_{lr}，一般取 $I_{er}=1.1I_{lr}$。

② 因一般的熔断器熔断时间较长，对整流元件起不到保护作用，故对弧焊整流器整流元件的过载保护，宜选用银质熔丝的快速熔断器，并按元件额定电流的 1.56 倍选取，串入电路进行保护。此外，也可采用针对整机的过载保护装置。

（3）开关的选择　开关是把弧焊电源接到电网电路上的必不可少的低压连接电器。对弧焊变压器、弧焊整流器、逆变式焊接电源，开关的额定电流应大于或等于弧焊电源的一次额定电流。

2. 弧焊电源的安装

（1）弧焊整流器、逆变式焊接电源和晶体管弧焊电源安装原则

① 新的或长期未用的电源，安装前必须检查绝缘情况，可用 500V 兆欧表测定。测定前

必须先用导线将整流器或硅整流元件或大功率晶体管组短路，以防止上述元件被过电压击穿。

焊接回路、二次绕组对机壳的绝缘电阻应大于 $2.5M\Omega$。整流器、一次绕组对机壳的绝缘电阻应不小于 $2.5M\Omega$。一次绕组和二次绕组之间绝缘电阻也应不小于 $5M\Omega$。与一次、二次回路不相连接的控制回路与机架或其他各回路之间的绝缘电阻不小于 $2.5M\Omega$。

② 安装前检查电源内部是否损坏，各接头处是否松动。

③ 安装前检查电网电源功率是否足够大，开关、熔断器和电缆的选择是否正确无误。确保在额定负载时动力线电压降不大于电网电压的 5%，焊接回路电缆线总压降不大于 4V。

④ 注意采取防潮措施，并安装在通风良好的场所。

⑤ 外壳接地和接零。若电网电源为三相四线制，应把外壳接到中线上。

⑥ 严格按产品说明书的要求和步骤进行安装。

（2）弧焊变压器安装原则　弧焊变压器一般是单相，多台安装时，应分别接在三相电网上，尽量使三相平衡。

弧焊变压器的一次电压有 380V、220V 两种，接线时严格按出厂铭牌上所标示的一次电压值进行接线。

其他要求与弧焊整流器相同。

三、弧焊电源的使用

① 使用前仔细阅读产品说明书，并与弧焊电源相对照，了解其工作原理。

② 焊接前对弧焊电源各部分进行检查，确保正确无误。

③ 弧焊电源必须在规定的额定电流范围内工作。

④ 调节焊接电流或换挡必须在空载下或切断电源时进行。

⑤ 要建立严格的管理和使用制度。

⑥ 使用时要注意安全。

第二节　节约用电和安全用电

一、节约用电

弧焊电源的耗电量很大，为节约能源，可从以下几方面着手。

1. 选择高效节能的弧焊电源

从节能角度看，选择弧焊电源的次序为：逆变式焊接电源、晶闸管弧焊整流器、硅弧焊整流器、弧焊变压器。

2. 选用功率因数高的弧焊电源

功率因数越低，则电网的无功功率损失越大。为减少电网的无功功率损失，应选用功率因数高的弧焊电源，常见的弧焊电源的功率因数从高到低排列次序为：逆变式焊接电源、晶闸管弧焊整流器、硅弧焊整流器、弧焊变压器。

逆变式焊接电源的空载损耗只有几十瓦至几百瓦，效率高达 80%～90%，功率因数约为 0.9，节能效果非常好，加上具有良好的焊接参数调节性能，逆变式焊接电源越来越成为首选的电源。

二、安全用电

安全用电包括防止焊机损坏和预防触电。

（1）焊接过程中工作场地所有的网路电压为 380V 或 220V，焊机的空载电压一般在 60V 以上，所以焊机的电源电压、二次空载电压都远远超过安全电压（36V），故应采取防止触电的安全措施。

① 避免接触带电器件，如电源带电的裸露部分和转动部分必须有安全保护罩；电源的带电部分与机壳间应有良好的绝缘；连接焊钳的导线应使用绝缘导线等。

② 焊机使用的初级导线，必须采用专用的焊接电缆线，而连接焊钳的导线必须采用专用的焊接电缆软线。

③ 弧焊电源的空载电压不能太高。

④ 用高频引弧或稳弧时应对电缆进行屏蔽。

⑤ 机壳保护接地或接零。

（2）焊工在操作时应注意以下问题。

① 弧焊设备的安装、修理和检查必须由电工进行。

② 弧焊电源应经开关和熔断器接入电网，避免在带负载下切断开关。

③ 防止电焊钳与焊件短路。在锅炉或容器内焊接结束时，应将焊钳放在安全地点或悬挂起来，然后切断电源。

④ 使用闸刀开关时，焊工应戴好干燥手套，同时面部不正对开关，以防产生电弧引起烧伤。

⑤ 遇到有人触电时，切不可用手去拉触电者，应迅速切断电源进行抢救。

⑥ 绝缘电阻。在容器内焊接时，焊工必须穿上绝缘鞋，戴皮手套，脚下垫绝缘垫，以保持人体与焊件间良好绝缘。

习　题

6-1　选用弧焊电源时应考虑哪些因素？

6-2　试述焊接电缆的选择依据。

6-3　试比较各种弧焊电源的技术性、经济性。

6-4　从节能角度看，常用的弧焊电源从好到差的次序是什么？

6-5　额定负载持续率为 60%、额定电流 300A 的弧焊电源连续运行时，允许输出多大的电流？

6-6　焊接过程中要采取哪些防止触电的安全措施？

6-7　焊工在操作时应注意哪些安全问题？

第七章 常用弧焊设备

本章主要讲述焊条电弧焊、埋弧焊、钨极惰性气体保护焊、熔化极气体保护焊和等离子弧焊与切割等常用电弧焊方法的设备结构、所采用的弧焊电源、常见焊机故障产生原因及排除方法等内容。通过本章的学习，要求掌握这些常用弧焊设备的组成，所采用的弧焊电源种类及其优缺点；要求了解这些常用弧焊设备的结构特点；理解常见故障产生原因及排除方法。

第一节 焊条电弧焊设备

焊条电弧焊是药皮焊条手工电弧焊的简称，它是手工操纵焊条进行焊接的电弧焊方法，具有设备简单、操作灵活方便、适应性强、能在空间任意位置焊接的特点，广泛应用于各工业领域。

一、基本焊接电路

焊条电弧焊的基本焊接电路由交流或直流弧焊电源、焊钳、电缆、焊条、电弧、工件及地线等组成，如图 7-1 所示。

用直流电源焊接时，工件和焊条与电源输出端正、负极的接法有两种，工件接直流电源

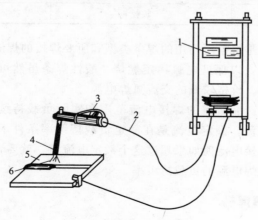

图 7-1 焊条电弧焊基本焊接电路

1—弧焊电源；2—电缆；3—焊钳；4—焊条；5—工件；6—电弧

的正极，焊条接负极时，称为正接或正极性；工件接电源的负极，焊条接正极时，称为反接或负极性。采用正接还是反接，主要从电弧稳定燃烧的条件来考虑，不同的焊条要求不同的接法。用交流弧焊电源时，极性在不断变化，所以不用考虑极性的接法。

二、弧焊电源

由于焊条电弧焊使用的焊接电流较小，特别是电流密度小，所以焊条电弧焊电弧的静特性处于水平段，要求焊条电弧焊电源具有陡降的外特性，并具有良好的动特性和合适的电流调节范围。

目前，我国焊条电弧焊用的电源有三大类：交流弧焊变压器、直流弧焊发电机和弧焊整流器（包括逆变式弧焊整流器），前一种属于交流电源，后两种属于直流电源。交、直流弧焊电源的特点比较见表 7-1。弧焊变压器与直流电源相比，具有结构简单、制造方便、使用可靠、维修容易和成本低等优点，在目前国内焊接生产应用中仍占有很大的比例。直流弧焊发电机虽然稳弧性好，抗过载能力强，经久耐用，受电网电压波动的影响小，但焊机耗材多，空载损耗大，结构复杂，成本高，已列入淘汰产品。晶闸管弧焊整流器引弧容易，性能柔和，电弧稳定，飞溅少，已成为更新换代的产品。

表 7-1 交、直流弧焊电源的特点比较

项　　目	交　流	直　流
电弧稳定性	低	高
极性可换性	无	有
磁偏吹影响	很小	较大
空载电压	较高	较低
触电危险	较大	较小
构造和维修	较简	较繁
噪声	不大	发电机大，整流器小
成本	低	高
供电	一般单相	一般三相
重量	较轻	较重，逆变电源较轻

焊条电弧焊电源主要是根据所使用的焊条类型和所要焊接的焊缝形式进行选择。碱性焊条必须选用直流弧焊电源，以保证电弧稳定燃烧。酸性焊条虽然可选用交流或直流弧焊电源，但一般选用结构简单、价格较低的交流弧焊电源。

另外，还要根据焊接产品所需的焊接电流范围和实际负载持续率来选择弧焊电源的容量，即弧焊电源的额定电流。额定电流是在额定负载持续率条件下允许使用的最大焊接电流，焊接过程中使用的焊接电流值如果超过这个额定电流值，就要考虑更换额定电流值大一些的弧焊电源或者降低弧焊电源的负载持续率。

三、常用焊条电弧焊焊机

1. 弧焊变压器

BX1-300 型，该焊机的电源采用动铁式弧焊变压器。电流调节范围为 75～400A。

BX1-330 型，该焊机的电源采用动铁式弧焊变压器。焊接电流的调节分粗调和细调两种，电流调节范围为 50~450A。

BX3-300 型，该焊机的电源采用动圈式弧焊变压器。焊接电流的调节也分粗调和细调两种，电流调节范围为 40~380A。

2．弧焊整流器

ZX5-400 型，该焊机的电源采用晶闸管弧焊整流器。工作电压为 21~36V，焊接电流调节范围为 40~400A。

3．逆变式弧焊整流器

ZX7-400 型，该焊机的电源采用逆变式焊接电源。工作电压为 36V，焊接电流调节范围为 50~400A。逆变式焊接电源具有众多的优点，逐步成为焊机更新换代的产品。

4．弧焊发电机

（直流）电动机驱动式弧焊发电机有 AX1-500 型，目前已被国家明文禁止生产。

（直流）内燃机驱动式弧焊发电机有 AXQ2-2X250 型，主要用于野外无电网的场合。

第二节　埋弧焊设备

埋弧焊是指电弧在焊剂层下燃烧而进行焊接的方法。埋弧焊具有生产效率高、机械化程度高、焊接质量好、劳动条件好等优点，是目前广泛使用的一种机械化焊接方法。

一、埋弧焊机分类

埋弧焊机按使用的电源、用途、送丝方式、行走机构形式、焊丝数目和形状不同分类如下。

（1）按电源分类　埋弧焊机按电源分为交流、直流和交流与直流两用焊机。

（2）按用途分类　埋弧焊机按用途分为通用焊机和专用焊机。

（3）按送丝方式分　埋弧焊机按送丝方式分为等速送丝式和变速送丝式焊机。前者适用于细焊丝高电流密度条件下的焊接，后者适用于粗焊丝低电流密度条件下的焊接。

（4）按行走机构形式分　埋弧焊机按行走机构形式分为小车式、门架式、悬挂式三类。通用的埋弧焊机多采用小车式，如图 7-2 所示。

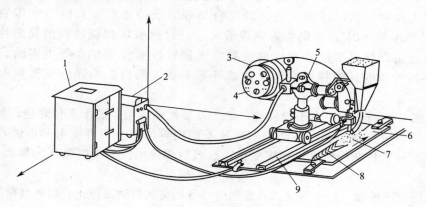

图 7-2　小车式埋弧焊装置

1—弧焊电源；2—控制箱；3—焊丝盘；4—控制盘；5—焊接小车；6—焊件；7—焊剂；8—焊缝；9—导轨

（5）按焊丝数目和形状分　按焊丝数目和形状可分为单丝、多丝及带状电极焊机。目前应用最广泛的是单丝焊机；采用多丝焊接可以加大熔深和提高焊接生产效率；带状电极焊机主要用于大面积堆焊。

常见埋弧焊机的主要技术数据见表 7-2。

表 7-2　常见埋弧焊机的主要技术数据

技 术 参 数	型　　　号							
	NZA-1000	MZ-1000	MZ1-1000	MZ2-1500	MZ3-500	MZ6-2-500	MU-2×300	MU1-1000
送丝方式	变速送丝	变速送丝	等速送丝	等速送丝	等速送丝	等速送丝	等速送丝	变速送丝
焊机结构特点	埋弧、明弧两用车	焊车	焊车	悬挂式自动机头	电磁爬行焊车	焊车	堆焊专用焊机	堆焊专用焊机
焊接电流/A	200～1200	400～1200	200～1200	400～1500	180～600	200～600	160～300	400～1000
焊丝直径/mm	3～5	3～6	1.6～5	3～6	1.6～2	1.6～2	1.6～2	焊带宽30～80,厚0.5～1
送丝速度/cm·min^{-1}	50～600（弧压反馈控制）	50～200	37～670	47～375	180～700	250～1000	160～540	25～100
焊接速度/cm·min^{-1}	3.5～130	25～117	26.7～210	22.5～187	16.7～108	13.3～100	32.5～58.3	12.5～58.3
焊接电流种类	直流	直流或交流	直流或交流	直流或交流	直流或交流	交流	直流	直流
送丝速度调整方法	用电位器无级调节直流电动机转速	用电位器调整直流电动机转速	调换齿轮	调换齿轮	用自耦变压器无级调节直流电动机转速	用自耦变压器无级调节直流电动机转速	调换齿轮	用电位器无级调节直流电动机转速

二、埋弧焊的自动调节系统

1. 影响焊接电流和电弧电压的因素

在埋弧焊过程中，合理选择焊接工艺参数，并维持电弧稳定燃烧和保持预定的焊接工艺参数基本不变是保证焊接质量的基本条件。在实际焊接过程中，因外界因素的干扰，会引起焊接电流和电弧电压的变化。埋弧自动焊要求焊接电流和电弧电压的波动不超过±（25～50）A 与±2V，否则会影响焊缝尺寸，以致破坏焊接过程的稳定性。电弧的稳定工作点是由焊接电源的外特性曲线和电弧静特性曲线的交点所决定的，故凡是使焊接电源外特性和电弧静特性发生变化的外界干扰，都会影响焊接电流和电弧电压的稳定。

（1）电弧长度的变化　由于焊件坡口加工及装配不均匀、装配定位焊缝、环焊缝时筒体椭圆度、送丝机构的振动、电动机的转速不稳定等原因，都可能引起电弧长度发生变化，因而电弧静特性曲线位置也相应变化，造成对焊接电流和电弧电压的影响，如图 7-3 所示。

（2）电网电压波动　如电网上大容量用电设备的突然启动或停止、用电负荷的不均衡等都可能引起电网电压波动，电网电压波动时，焊接电源外特性曲线的位置也产生变化，如图 7-4 所示，从而影响焊接电流和电弧电压。

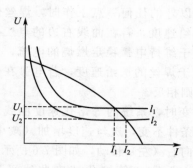

图 7-3 电弧长度变化时的影响

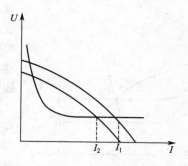

图 7-4 电网电压波动时的影响

上述两个影响因素中，弧长变化对焊接电流和电弧电压影响最为严重，因此埋弧自动焊的自动调节是以消除电弧长度的干扰作为主要目标。

2. 电弧长度自动调节的途径

焊接过程中，当弧长变化时希望能迅速得到调整，恢复原来长度。而电弧长度是由焊丝送给速度和焊丝熔化速度决定的，只有焊丝送给速度等于焊丝熔化速度时，电弧长度才保持稳定不变。所以要稳定电弧长度可通过两种途径来实现，一是调节焊丝送给速度；二是调节焊丝熔化速度。

目前在埋弧焊生产中有两种自动调节方法：一种是电弧自身调节系统，它采用缓降特性或平硬特性电源配等速送丝系统，通过改变焊丝的熔化速度来调节，该系统主要用于 $\phi3mm$ 以下细丝埋弧焊接；另一种是电弧电压反馈变速送丝调节系统，它采用陡降特性或垂降特性电源配变速送丝系统，利用电弧电压反馈改变送丝速度来调节，该系统主要用于 $\phi4mm$ 以上粗丝埋弧焊接。

3. 等速送丝电弧自身调节系统

（1）等熔化速度曲线　这种系统在焊接过程中，焊丝以稳定的速度恒速送进，焊丝的速度正比于焊接电流，并随弧长（电弧电压）的增加而减小。通过实验的方法，在给定的保护条件、焊丝直径、伸出长度情况下，选定一种送丝速度和几种不同的电源外特性曲线位置进行焊接，分别测出电弧稳定燃烧点的焊接电流和电弧电压及相应的电弧长度，连接这几个电弧稳定燃烧点，可得到一条曲线 C，如图 7-5 所示。这条曲线可近似看成为一条直线，称为等熔化速度曲线。

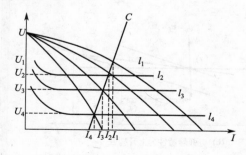

图 7-5　等熔化速度曲线

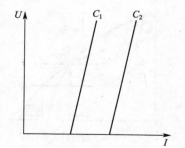

图 7-6　等熔化曲线的平行移动

等熔化速度曲线表明，电弧在该曲线上任何一点所对应的焊接电流和电弧电压的组合条件下工作时，电弧保持一定的长度稳定燃烧，焊丝熔化速度不变，且恒等于焊丝的送给速

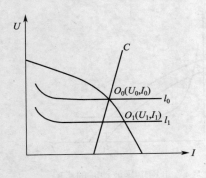

图 7-7　电弧系统自动调节
系统的作用原理

度。电弧在该曲线以外的任何一点工作时，焊丝熔化速度不等于焊丝的送给速度，若在曲线右边的点工作，则电弧的实际电流大于维持电弧稳定燃烧的电流，于是焊丝的熔化速度就大于焊丝的送给速度；若电弧在曲线左边的点工作，情况则相反。

当焊接条件改变时，系统的等熔化速度曲线就会相应改变，如果其他条件不变，送丝速度增加（减小），等熔化速度曲线平行向右（左）移动，如图 7-6 所示；当焊丝伸出长度增加（减小），等熔化速度曲线平行向左（右）移动。

（2）自身调节作用　等速送丝埋弧自动焊弧长恒定时的稳定工作点应该在图 7-7 中所示的三条特性曲线的交点 O_0 上，即给定的电源外特性曲线、给定焊丝送给速度的等熔化速度曲线 C 和上述平衡条件所确定的弧长为 l_0 的电弧静特性曲线的相交点。电弧在该交点稳定燃烧时若有某种外界干扰因素使弧长变为 l_1（$l_1 < l_0$），并与电源外特性曲线交于 O_1，则电弧暂时移至 O_1 点工作，O_1 点在 C 曲线的右边，如前所述，此时的焊丝熔化速度大于焊丝送给速度（暂态电流增加，$I_1 > I_0$），因而弧长逐渐增加，直到恢复至 l_0 为止，这时电弧工作点又回到 O_0，焊丝熔化速度又等于焊丝送给速度，焊接过程恢复稳定。这种焊丝熔化速度随弧长变化而引起消除弧长波动的自动调节作用是一切熔化极等速送丝电弧系统所固有的内部反馈作用，故称为电弧自身调节的作用。

必须指出，电弧自身调节系统的调节能力并不能消除电网波动对焊接工艺参数的影响。这是因为电网电压的变化引起电源外特性变化，促使电弧工作点移动，除非电网电压恢复原先的稳定点。为了减小电网电压波动的影响，提高电弧自身调节作用的调节速度，这种系统宜选用具有缓降或略为上升外特性的弧焊电源。

（3）电源外特性曲线形状对电弧自身调节作用的影响　当电弧静特性为平特性时，在外界因素的影响下，弧长由 l_0 变为 l_1（$l_1 < l_0$），从图 7-8（a）可以看出，发生同样的波动时，采用缓降外特性比陡降外特性电源能获得更大的电流变化量 ΔI，即 $\Delta I_2 > \Delta I_1$，也就是说缓降外特性比陡降外特性电源的自身调节作用强。

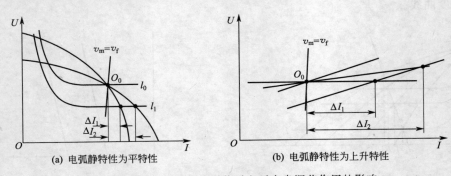

(a) 电弧静特性为平特性　　　　　(b) 电弧静特性为上升特性

图 7-8　电源外特性曲线形状对电弧自身调节作用的影响

当电弧静特性为上升特性时，从图 7-8（b）可以看出，发生同样的波动时，采用上升外特性电源（上升斜率不超过电弧静特性斜率）比用平外特性电源能获得更大的电流变化量

ΔI，即 $\Delta I_2 > \Delta I_1$。

因此，一般等速送丝焊机均采用缓降特性，甚至平特性、上升特性的电源，以提高电弧自身调节作用。

4. 电弧电压反馈变速送丝调节系统

（1）基本原理　它是借助电弧电压来控制焊丝送给速度（送丝速度）的自动调节系统。外界干扰使弧长发生变化时，电弧电压随之而变，弧长变长，则电弧电压升高，这时系统强迫送丝速度加快；若电弧变短，则电弧电压降低，系统就强迫送丝速度减慢，从而使弧长变化得到补偿，恢复到原来的电弧长度。由于整个调节过程送丝速度是随着电弧电压的变动而变动的，故又称为变速送丝自动调节系统。

（2）电弧电压反馈变速送丝调节系统静特性曲线　通过实验的方法，在确定焊接工艺条件下，所选定的送丝给定电压不变，然后调节焊接电源外特性，分别测出电弧稳定燃烧点的焊接电流和电弧电压，连接这几个电弧稳定燃烧点，可得到一条曲线 A，如图 7-9 所示，称为电弧电压自动调节静特性曲线。电弧在电弧电压自动调节静特性曲线 A 上任一点对应的参数下燃烧时，焊丝熔化速度等于焊丝送给速度，焊接过程稳定。当电弧在 A 线的下方燃烧时，焊丝的熔化速度大于其送给速度；在 A 线的上方燃烧时，焊丝的熔化速度小于其送给速度。A 线与纵坐标的截距决定于给定的电压值 U_0，焊接过程中系统不断地检测电弧电压并与给定电压 U_0 进行比较，只有当电弧电压与给定电压相等时，电弧电压自动调节系统才不起作用，而当电弧电压高于维持 A 曲线关系所需值时，系统便会按比例加大送丝速度；反之，系统会自动减慢送丝速度。

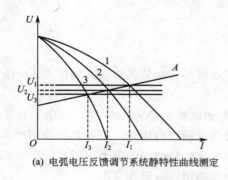
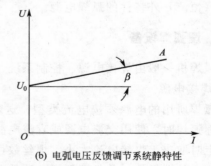

(a) 电弧电压反馈调节系统静特性曲线测定　　(b) 电弧电压反馈调节系统静特性

图 7-9　电弧电压自动调节系统静特性曲线

（3）自动调节作用　变速送丝自动电弧焊时，电弧的稳定长度 l_0 将由上述调节系统静特性曲线和电源外特性曲线交点 O_0 的电压数值确定，如图 7-10 所示，这时焊丝的熔化速度等于送丝速度，焊接过程稳定。当受到外界干扰弧长突然变短为 l_1 后，电弧电压由 U_0 降至 U_1，电弧静特性曲线与 A 曲线的交点也由 O_0 移至 O_2，焊丝送给速度由原来对应的 U_0 的值降至对应 U_1 的值。送丝速度降低，使弧长得以恢复。再加上弧长为 l_1 时，电弧工作点为 O_1 点，而 O_1 点位于 A 曲线的下方，该点的焊丝熔化速度大于送丝速度。两种作用叠加后，弧长恢复为 l_0，又回到 O_0 点工作，焊接工作又趋稳定。反之，如果电弧长度突然变长，由于电弧电压随之增大，使焊丝送给速度加快，同时焊接电流的减小，引起焊丝熔化速度减慢，结果也是使弧长恢复为原来长度。

当电网电压波动时，如图 7-11 所示，焊接电源外特性曲线也随之产生相应的变化，从 1 变为 2，电弧工作点移至 O_1 点，因 O_1 点在 A 线上方，它不是稳定工作点，电弧在 O_1 处工

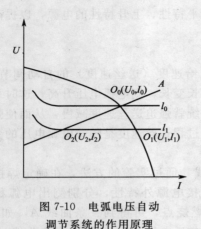

图 7-10　电弧电压自动
调节系统的作用原理

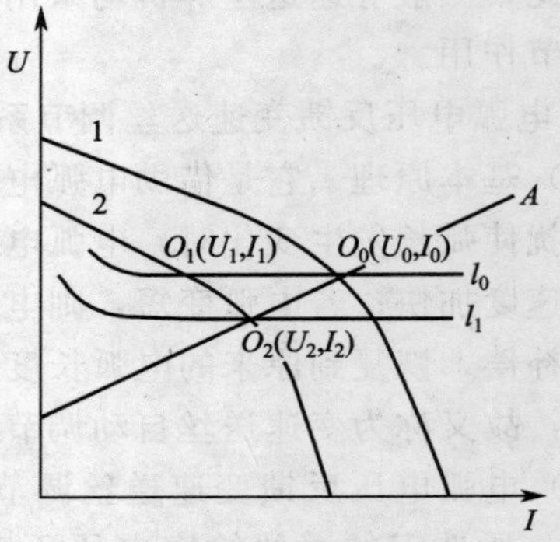

图 7-11　电网电压波动时对电弧
电压自动调节系统的影响

作时，焊丝送给速度大于其熔化速度，因此电弧工作点沿曲线 2 移动，最终到达与 A 线相交的 O_2 点上，电弧在新的稳定状态下燃烧，O_2 点为新的稳定工作点。O_2 点与 O_0 点比较，电弧电压和电流均有不同程度降低，除非电网电压波动恢复到原来值，否则电弧电压自动调节系统不能恢复到原来的稳定状态 O_0 点工作。从图 7-11 可看出，电网电压波动引起的焊接电流波动与电源外特性曲线有关，若为陡降外特性曲线时，则电流波动小；为缓降外特性曲线时，电流波动大。为防止焊接电流波动过大，采用这种调节系统的埋弧焊机时，宜采用具有陡降（恒流）外特性的弧焊电源。

三、埋弧焊设备

埋弧焊机一般由焊接电源、控制系统、机械系统和辅助装备组成，如图 7-2 所示。

1. 焊接电源

埋弧焊所用的电源须按电流类型、送丝方式和焊接电流大小等进行选用。对于电流类型，在埋弧焊时，使用交流电源或直流电源都可获得满意的质量，但在具体应用中各有优缺点，选定时取决于焊接电流大小、焊丝数目、焊接速度和焊剂的种类等因素。

（1）单丝埋弧焊　单丝埋弧焊电源的电流类型选用可参照表 7-3。

表 7-3　单丝埋弧焊电源的选用

焊接电流/A	焊接速度/cm·min⁻¹	电源类型
300～500	＞100	直流
600～1000	38～75	交流、直流
≥1200	12.5～38	交流

直流电源一般用于小电流焊接、快速引弧、短焊缝、高速焊接、所用焊剂的稳弧性较差以及对焊接工艺参数稳定性有较高要求的场合。用直流电流时，不同的极性将产生不同的工艺效果，当用直流正接时（工件接正极）时，焊丝的熔敷率高。埋弧焊一般采用直流反接（工件接负极），以获得较大熔深。常用的直流电源有：弧焊发电机、磁放大器式硅弧焊整流

器、晶闸管弧焊整流器和弧焊逆变器等。

交流电源多用于大电流和用直流电焊接时磁偏吹严重的场合。常用交流电源有：弧焊变压器（如 BX1-1600、BX2-1000）、矩形波交流电源、弧焊逆变器等。

埋弧焊通常是高负载持续率、大电流的焊接过程，所以不管是直流还是交流电源，埋弧焊电源都要具有大电流、100％负载持续率的输出能力。

（2）多丝埋弧焊　为了加大熔深以提高生产率，多丝自动埋弧焊在工业生产中应用越来越多，目前应用最多的是双丝，其次是三丝。多丝焊的电源可用直流或交流，也可以交流、直流联用。使用交流电源时，可将磁偏吹减到最小。

（3）外特性类型　适用于埋弧焊的电源有两类，一类是具有陡降外特性的电源，另一类是具有缓降或平外特性的电源。

对于等速送丝焊机的细丝焊（焊丝直径 $\phi 1.6 \sim 3mm$），宜采用缓降或平硬外特性弧焊电源配以等速送丝系统使用，如 MZ1-1000。这类电源多为直流电源。

对于粗丝焊时（焊丝直径 $\geqslant \phi 4mm$），宜采用陡降特性弧焊电源配以电压反馈的变速送丝机使用，如 MZ-1000。这种电源既有交流输出电源，也有直流输出电源。

2. 控制系统

通用小车式埋弧焊机控制系统由送丝与行走驱动控制、引弧和熄弧程序控制、电源输出特性控制等环节组成。门架式、悬挂式埋弧焊机还可能包括横臂伸缩、升降、立柱旋转、焊剂回收等控制环节。

上述控制系统属于模拟控制方式，目前较先进的控制方式是数字控制系统，一般以高性能单片机为核心构成，对电源外特性、送丝速度、焊接速度以及焊接过程实施数字控制。

3. 机械系统

埋弧焊机的机械系统由送丝机构、行走小车、机头调节机构、导电嘴以及焊丝盘、焊剂斗等部件组成，通常焊机上还装有控制箱等。

4. 辅助装备

辅助装备包括焊接夹具、工件变位机、焊缝成形装置、焊剂回收装置等。

四、典型埋弧焊机

MZ-1000 埋弧焊机是目前我国使用较普遍的埋弧焊机。它采用发电机-电动机反馈调节器组成的自动调节系统，属于变速送丝式。MZ-1000 埋弧焊机主要由焊接电源、自动焊车和控制箱三部分组成，相互之间由焊接电缆和控制电缆连接在一起。

1. 焊接电源

MZ-1000 型埋弧焊机可配用交流或直流电源。配用交流电源时，一般用 BX2-1000 型同体式弧焊变压器；配用直流电源时，可用 ZXG-1000 型或 ZDG-1000R 型饱和电抗器式弧焊整流器，也可使用晶闸管弧焊整流器。目前各国正在研制大容量的逆变式焊接电源，以便应用于埋弧焊工艺中，减少埋弧焊机的体积及重量，改善焊接质量。

2. 自动焊车

MZ-1000 埋弧焊机配用的焊车是 MZT-1000 型，它由送丝机构、行走小车、机头调节机构、导电嘴以及焊丝盘、焊剂斗等部件组成。焊车的外形如图 7-12 所示。

（1）送丝机构　包括送丝电动机及传动系统、送丝滚轮和矫直滚轮等。其作用是可靠地

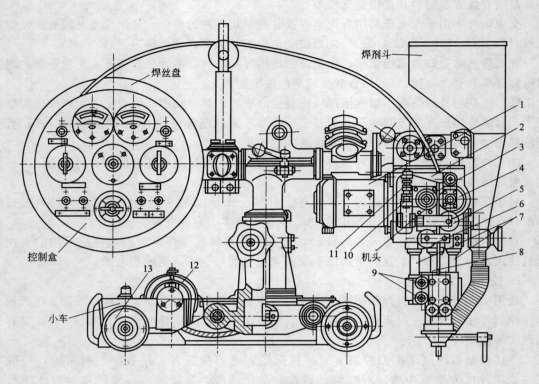

图 7-12   MZT-1000 型自动焊车

1—送丝机构；2—摇杆；3,4—送丝滚轮；5,6—矫直滚轮；7—圆柱导轨；8—螺杆；
9—螺钉（接电极用）；10—调节螺母；11—弹簧；12—小车电动机；13—小车车轮

送进焊丝并具有较宽的调速范围，以保证电弧稳定。

（2）行走小车   包括小车电动机、传动系统、小车车轮及离合器等。离合器合上时小车由小车电动机拖动，脱离时小车可用手推动。其作用是使焊接连续进行，同时保证合适的焊接速度，以获得好的焊接效果。

（3）机头调节机构   它可使焊机适应各种位置焊缝的焊接，并使焊丝对准接缝位置。焊接机头应有足够的调节自由度。

（4）导电嘴   其作用是引导焊丝的传送方向，并且可靠地将电流传导到焊丝上。

3. 控制箱

MZ-1000 型埋弧焊机配用的控制箱是 MZP-1000 型。控制箱内主要装有电动机-发电机组、整流器、继电器、接触器、变压器以及引弧、熄弧等控制系统，用以和焊车上的控制元件配合，实现送丝和焊车拖动控制及电弧电压反馈控制。图 7-13 是 MZ-1000 型埋弧焊机配用变压器 BX2-1000 电源的控制电路图，分为三部分：7～10 区以及 22～28 区是焊接电源控制电路，13～18 区（G_1、M_1）为焊丝拖动控制电路，19～25 区（G_2、M_2）为焊车拖动控制电路。

五、埋弧焊机常见故障与维修

埋弧焊机常见故障与维修见表 7-4。

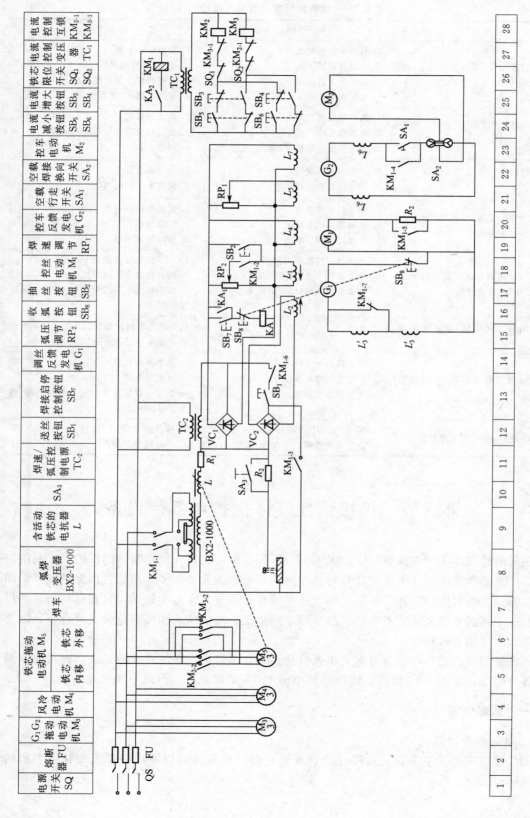

图 7-13 MZ-1000 埋弧焊机控制电路图

电源开关 SQ	熔断器 FU	G₁G₂拖动电动机 M₃	风冷电动机 M₄	铁芯拖动电动机 M₅		焊车	弧焊变压器 BX2-1000	含活动铁芯的电抗器 L	焊速/弧压控制电源 TC₂	送丝按钮 SB₁	焊接启停控制按钮 SB₇	调丝发电机 G₁	弧压调节 RP₂	收弧按钮 SB₈	抽丝电动机 M₁	焊速反馈发电机 RP₁	控车反馈发电机 G₂	空载行走开关 SA₁	空载焊接换向开关 SA₂	控车电动机 M₂	电流减小按钮 SB₅ SB₆	电流增大按钮 SB₃ SB₄	铁芯限位开关 SQ₁ SQ₂	电流控制变压器 TC₁	电流控制互锁 KM₂₋₁ KM₃₋₁
				铁芯内移	铁芯外移				焊速/弧压控制电源 SA₃																

1	2	3	4	5	6	7	8	9	10	11	12	13	14	15	16	17	18	19	20	21	22	23	24	25	26	27	28

表 7-4　埋弧焊机常见故障与维修

故障现象	可能产生的原因	排除方法
按下启动按钮,线路工作正常,但引不起弧	1. 弧焊电源未接通 2. 电源接触器不良 3. 焊丝与工件接触不良 4. 焊接回路无电压	1. 接通弧焊电源 2. 检查、修复接触器 3. 清理焊丝与工件接触点 4. 检查电路、恢复电压
当按下焊丝"向下"、"向上"按钮时,焊丝不动或动作不对	1. 控制线路有故障 2. 电动机方向接反 3. 发电机或电动机电刷接触不好	1. 检查并修复 2. 换三相感应电动机输入接线 3. 调整电刷
焊接过程中一切正常,而焊车突然停止行走	1. 小车离合器脱开 2. 小车车轮被电缆等物阻挡	1. 关紧离合器 2. 排除车轮的阻挡物
按下启动按钮后,继电器动作,而接触器不能正常动作	1. 中间继电器失灵 2. 接触器线圈有故障 3. 接触器磁铁接触面生锈或污垢太多	1. 检修中间继电器 2. 检修接触器 3. 清除锈或污垢
焊机启动后焊丝末端周期性地与工件"粘住"或常常断弧	1. 焊丝与工件接触太紧 2. 电弧电压太低,焊接电流太小 3. 电弧电压太高,焊接电流太大	1. 使其接触可靠而又不过紧 2. 增加电弧电压或焊接电流 3. 减小电弧电压或焊接电流,改善网路负荷状态
焊丝未与工件接触,焊接回路却有电	小车与工件间的绝缘被破坏	检查小车车轮绝缘情况;检查小车下面是否有金属与工件短路
焊接过程中电流不稳,焊缝成形不良	1. 焊接规范不合适 2. 导电嘴与焊丝接触不良 3. 送丝压力太松或太紧	1. 调整好焊接规范 2. 更换导电嘴 3. 找出是机械还是电气方面的问题,并分别予以解决
焊接停止后,焊丝与工件粘住	1. "停止"按钮按下速度太快 2. 返烧过程控制不当,停电过早	1. 慢慢按下"停止"按钮 2. 调整返烧过程

第三节　钨极惰性气体保护电弧焊设备

钨极惰性气体保护电弧焊(GTAW),简称 TIG 焊,它是在惰性气体的保护下,利用钨极和工件之间产生的焊接电弧熔化母材及焊丝的一种焊接方法。多采用氩气作保护气体,即钨极氩弧焊。钨极惰性气体保护焊可用于几乎所有金属及其合金的焊接,可获得高质量的焊缝。但由于其成本较高,生产率低,故多用于焊接铝、镁、钛、铜等有色金属及合金,以及不锈钢、耐热钢等材料。

钨极氩弧焊机通常由弧焊电源、引弧及稳弧装置、焊枪、供气及水冷系统、焊接控制系统等部分组成,如图 7-14 所示。焊接电流小于 150A 的焊机,也可以不用水冷系统。

一、弧焊电源

1. 电源的外特性

TIG 焊工艺要求电源具有陡降外特性或垂直陡降外特性,以减小因弧长变化而引起的电流波动。

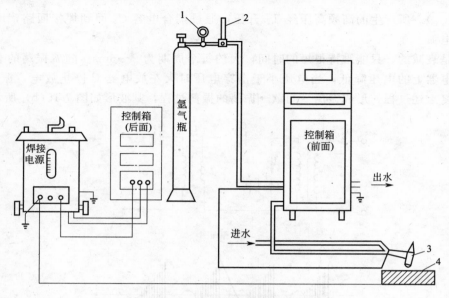

图 7-14　TIG 焊设备系统示意图
1—减压表；2—流量计；3—焊枪；4—工件

2. 电源的种类

TIG 焊设备可以采用直流、交流或脉冲弧焊电源，TIG 焊常用的传统电源有动圈式弧焊变压器（交流）、磁饱和放大器式硅弧焊整流器（直流）、晶闸管弧焊整流器（直流）；新型电源有脉冲弧焊电源、晶体管式弧焊电源、逆变式焊接电源以及矩形波交流弧焊电源。逆变式焊接电源由于工作频率高，不仅提高了电弧稳定性，而且实现了小型化、轻量化和节能等，逆变式焊接电源在模拟的基础上又推出了数字化 TIG 焊机，这种焊机将有更广阔的前景。近年来，由于矩形波交流弧焊电源具有众多的优点而逐渐应用到 TIG 焊中，主要用于焊接铝、镁及其合金。

二、引弧及稳弧装置

TIG 焊常用的引弧方法有接触引弧和非接触引弧。为了保持钨极端部形状和防止在焊缝中产生夹钨，通常采用非接触引弧，但由于氩气的电离能较高，难以电离，引燃电弧困难，但又不宜使用提高空载电压的方式，所以 TIG 焊常用高频引弧和高压脉冲引弧两种非接触引弧方式。一般采用高频振荡器施加高压脉冲来引弧和稳弧。

1. 高频振荡器引弧

这是一种传统的引弧器，目前在国内外的 TIG 焊机上还有大量应用。高频振荡器可周期性地输出 $150\sim260kHz$、$2500\sim3000V$ 的高频高压脉冲，利用产生的高频高压电流击穿钨极与工件之间的气隙而引燃电弧。

（1）高频振荡器组成及工作原理　高频振荡器工作原理如图 7-15（a）所示，由开关 SA、火花放电器 P、振荡电容 C_1、升压变压器 T_1 和 T_2 组成。

当输入端接通电源合上开关 SA 时，交流电源经 T_1 升压，开始对振荡电容 C_1 充电，因而火花放电器 P 两端电压逐渐升高，最后被击穿，从而一方面使 T_1 的二次回路短路而中止对 C_1 的充电，另一方面使已充电的振荡电容 C_1 与电感 L 组成振荡回路，其振荡频率为 $f=$

$1/(2\pi\sqrt{LC_1})$。所产生的高频高压经 T_2 升压，通过耦合电容 C_2 回到焊接回路，用来击穿气隙引燃电弧。

振荡是衰减的，只能维持很短的时间，大约每个周期为 $2\sim6\mathrm{ms}$。随着振荡的衰减，加在火花放电器上的电压降低，当电压小于击穿电压时火花放电器 P 停止放电，振荡结束，接着又重复上述过程，形成振荡→间歇→振荡的振荡过程，其波形如图 7-15(b) 所示。

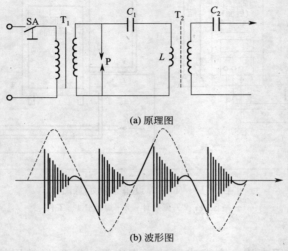

(a) 原理图

(b) 波形图

图 7-15 高频振荡引弧器原理电路及其波形图

（2）高频振荡器与焊接回路的连接方法 高频振荡器与焊接回路的连接方法有并联和串联两种，如图 7-16 所示。

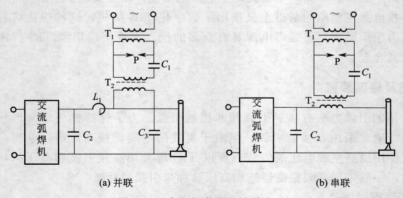

(a) 并联　　　　　　　　　　　　　　　　(b) 串联

图 7-16 高频振荡器的连接方法

如图 7-16(a) 所示，并联时需在焊接回路中串联电感 L_1 和旁路电容 C_2，防止高频窜到电源而损坏绝缘，这种连接方式因 L_1 和 C_2 对高频有分流作用，消耗了部分能量，引弧效果较差。目前多采用串联方式，如图 7-16(b) 所示，串联方式没有了分流回路，引弧可靠，且又通过旁路电容 C_2 减少了高频对电源的影响。但是高频振荡器的输出变压器 T_2 的二次侧为主焊接回路的一部分，有焊接电流通过，要求导线较粗。

高频振荡器非接触引弧的效果很好，但其产生的高频电磁波对周围工作的电子仪器有干扰作用，当高频高压电窜入焊接电源或是控制电路中后，还可能会造成电子元器件的损坏；另外，高频电磁场对工作人员的身体健康也有影响，因此，必须对高频振荡器采取隔离屏蔽等措施。

2. 高压脉冲引弧及稳弧装置

高压脉冲引弧及稳弧装置的主电路如图 7-17 所示。其工作原理是：T_1 为升压变压器，二次侧可达 800V，经整流后对 C_1 充电。当需要脉冲时，晶闸管 VH_{20} 被引弧或稳弧脉冲触发电路的脉冲信号触发导通，C_1 经 R_2、VH_{20} 向变压器 T_2 一次侧放电，T_2 的二次侧可感应出 2000～3000V 的高压脉冲，用于引弧和稳弧。

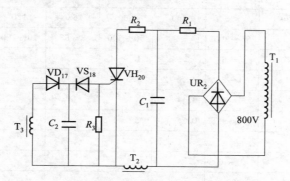

图 7-17　高压脉冲引弧及稳弧装置主电路

三、焊枪

分手工焊枪和自动焊枪两种。其作用是夹持钨极、传导焊接电流和输送保护气。根据许用电流的大小，又分为水冷和空冷两种。后者一般用于 150A 以下的焊接电流。良好的焊枪须有良好的电绝缘性、气密性和水密性。

四、供气系统和水冷系统

1. 供气系统

由高压气瓶、减压阀、流量计和电磁气阀组成。减压阀将高压气瓶中的气体压力降至焊接所需的压力；流量计用来调节和测量气体的流量；电磁气阀以电信号控制气体的通断。

2. 水冷系统

主要用在焊接电流大于 150A 时冷却焊接电缆、焊枪和钨棒。水路有循环式和开放式两种。水路中设有水压开关，当断水或水压太低时，断开控制系统电源，使其不能工作，保护焊枪不会因过热而损坏。

五、焊接控制系统

焊接控制系统由引弧器、稳弧器、行车（或转动）速度控制器、程序控制器、电磁气阀和水压开关等组成。

焊接控制系统的主要功能是：控制电源的通断；焊接前提前 1.5～4s 输送保护气体，以驱赶管内的空气；焊后延迟 5～15s 停气，保护尚未冷却的钨极和熔池；自动接通和切断引弧和稳弧电路；结束前电流自动衰减等。

六、常用钨极氩弧焊机技术数据

常用钨极氩弧焊机技术数据见表 7-5。

表 7-5　常用钨极氩弧焊机主要技术数据

技术数据	自动钨极氩弧焊机				手工钨极氩弧焊机			
	NZA6-30	NZA2-300	NZA3-300	NZA-500	WSM-63	NSA-120-1	WSE-160	NSA
电源电压/V	380	380	380	380	220	380	380	220/380
空载电压/V						80		
工作电压/V							16	20
额定焊接电流/A	30	300	300	500	63	120	160	300
电流调节范围/A		35~300		50~500	3~63	10~120	5~160	50~300
钨极直径/mm		2~6	2~6	1.5~4			0.8~3	2~6
焊丝直径/mm	0.5~1	1~2	0.8~2	1.5~3				
送丝速度/m·min⁻¹		0.4~3.6	0.11~2					
焊接速度/m·min⁻¹	0.17~1.7	0.2~1.8	0.22~4	0.17~1.7				
氩气流量/L·min⁻¹								20
冷却水流量/L·min⁻¹		3~16						1
负载持续率/%	60	60	60	60		60		60
电流种类	脉冲	交、直两用	交、直两用	交、直两用	直流脉冲	交流	交、直两用	交流
适用范围	不锈钢、合金钢薄板（0.1～0.5mm)	铝、镁及其合金；不锈钢、耐热钢、钛、铜及其合金	不锈钢、镁、钛等	不锈钢、耐热钢、钛、铝、镁及其合金	不锈钢、合金钢薄板	厚度为0.3～3mm的铝、镁及其合金板	铝、镁及其合金、不锈钢、钛等金属	铝及铝合金

七、常见故障及排除

钨极氩弧焊机的常见故障、产生原因及排除方法见表 7-6。

表 7-6　钨极氩弧焊机的常见故障、产生原因及排除方法

故障现象	产生原因	排除方法
电源开关接通但指示灯不亮	1. 开关损坏 2. 熔断器烧坏 3. 控制变压器损坏 4. 指示灯损坏	1. 更换开关 2. 更换熔断器 3. 检修 4. 更换指示灯
控制线路有电但焊机不能启动	焊枪开关接触不良；继电器故障；控制变压器损坏	检修
无振荡或振荡火花微弱	1. 高频引弧部分或脉冲引弧部分故障 2. 火花放电器间隙不对 3. 绝缘击穿或接地不良 4. 放电器电极烧坏或打毛 5. 高压变压器烧坏	1. 检修 2. 调整放电间隙 3. 检修，接好接地线 4. 清理、调整电极 5. 检修或更换
电弧引燃后焊接过程电弧不稳定	1. 稳弧器故障 2. 消除直流分量的元件故障 3. 焊接电源故障	1. 检修 2. 检修或更换 3. 检修焊接电源
焊机启动后无氩气输送	气路阻塞；电磁气阀故障；控制线路故障；气体延时线路故障	检修
焊接结束时衰减不正常	继电器故障；衰减控制线路故障；焊接电源故障	检修

第四节 熔化极气体保护电弧焊设备

熔化极气体保护电弧焊（英文简称 GMAW）是采用连续送进可熔化的焊丝与被焊工件之间的电弧作为热源来熔化焊丝和母材金属，形成熔池和焊缝的焊接方法。为了得到良好的焊缝应利用外加气体作为电弧介质并保护熔滴、熔池金属及焊接区高温金属免受周围空气的有害作用。这是一种便于操作的高效焊接方法，易于全位置焊接，可用于半自动和自动焊。

一、熔化极气体保护电弧焊机的分类与应用

由于不同种类的保护气体及焊丝对电弧状态、电气特性、热效应、冶金反应及焊缝成形等有着不同影响，因此根据保护气体的种类和焊丝类型分成不同的焊接方法。

1. 实芯焊丝

（1）熔化极惰性气体保护电弧焊机（MIG 焊机） 一般采用氩气、氦气或两者的混合气体等惰性气体作为保护气体。通常应用于焊接铝、铜和钛等有色金属。

（2）熔化极氧化性混合气体保护电弧焊机（MAG 焊机） 在惰性气体中加入少量氧化性气体（O_2、CO_2 或其混合气体）混合而成的气体作为保护气体，通常应用于黑色金属的焊接。一般情况下，保护气体中含 O_2 2%～5%或含 CO_2 5%～20%，其作用是提高电弧稳定性和改善焊缝成形。

（3）CO_2 气体保护电弧焊机 采用纯 CO_2 气体作为保护气体。由于 CO_2 气体保护焊成本低且效率高，现已成为黑色金属的主要焊接方法。

2. 药芯焊丝

熔化极药芯焊丝气体保护焊机（FCAW 焊机），常用 CO_2 气体作为保护气体，采用内部装有焊剂的管状焊丝。使用药芯焊丝的目的是改善焊缝金属的力学性能。主要应用于黑色金属的焊接。

熔化极气体保护电弧焊设备可分为手工和自动焊两种。焊接设备主要由焊接电源、送丝系统、焊枪及行走系统（自动焊）、供气系统和水冷系统、控制系统等部分组成。图 7-18 所示为半自动熔化极氩弧焊设备。

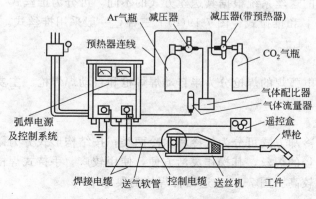

图 7-18 半自动熔化极氩弧焊设备

二、焊接电源

熔化极气体保护电弧焊通常采用直流弧焊电源，如硅弧焊整流器、晶闸管弧焊整流器和弧焊逆变器等。弧焊电源的额定功率取决于各种用途所要求的电流范围，通常在 $50 \sim 500A$ 之间，特种应用时要求 $1500A$。电源的负载持续率为 $60\% \sim 100\%$。空载电压在 $55 \sim 85V$ 的范围内。

1. 弧焊电源的外特性

与埋弧焊相似，外特性须与送丝方式相配合。

（1）平外特性　当保护气体为惰性气体（如纯 Ar）、富 Ar 和氧化性混合气体，焊丝直径小于 $\phi1.6mm$ 时，广泛采用平特性电源。平特性电源和等速送丝机配合使用，电弧自身调节作用较强，通过改变电源空载电压即可调节电弧电压，通过改变送丝速度即可调节焊接电流。

（2）下降外特性　当焊丝直径较粗（大于 $\phi2.0mm$）时，一般采用下降特性电源。下降特性电源和电弧电压反馈送丝（即变速送丝）方式的送丝机配合使用。这是由于焊丝直径较粗，电弧自身调节作用较弱，弧长变化后恢复较慢，单靠电弧的自身调节作用难以保证稳定的焊接过程。因此也像一般埋弧焊那样需要外加电弧电压反馈电路，将电弧电压的变化及时反馈送到送丝控制电路，调节送丝速度，以维持稳定的弧长。

2. 弧焊电源的调节特性

GMAW 焊接过程中需调节的电源输出参数主要是电弧电压和焊接电流。

（1）电弧电压的调节　电弧电压是指焊丝端头和工件之间的电压降，而不是电源电压表指示的电压。电弧电压的预调节，平特性电源主要通过调节空载电压来实现；陡降特性电源主要通过调节外特性的斜率来实现。

（2）焊接电流的调节　平特性电源的电流大小主要通过调节送丝速度来实现；对于陡降外特性的电源，则主要通过调节电源外特性来实现。

三、送丝系统

送丝系统通常由送丝机构（包括电动机、减速器、矫直滚轮、送丝滚轮）、送丝软管及焊丝盘等组成。其作用是将焊丝矫直后送到焊枪中。焊丝起电极作用及填充金属作用。熔化极气体保护电弧焊机的送丝系统根据其送丝方式的不同，可分为推丝式［图 7-19(a)］、拉丝式［图 7-19(b)～(d)］和推拉式［图 7-19(e)］三种，一般采用推丝式。

四、焊枪

熔化极气体保护电弧焊的焊枪分为半自动焊焊枪和自动焊焊枪。主要作用是导电、送丝与送气。

1. 半自动焊焊枪

半自动焊焊枪按冷却方式可分为气冷和水冷两类；按结构形式分为鹅颈式和手持式。鹅颈式焊枪适合于小直径的焊丝，其操作灵活方便，使用较广。手持式焊枪适用于较大直径的焊丝，它对冷却要求较高。图 7-20 为这两种焊枪的典型结构。

2. 自动焊焊枪

自动焊焊枪的结构与半自动焊焊枪基本相同，它固定在机头或行走机构上，经常在大电

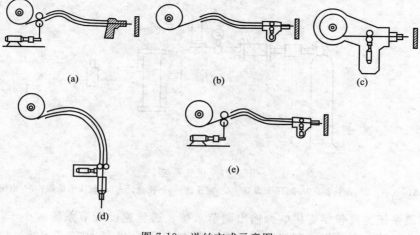

图 7-19　送丝方式示意图

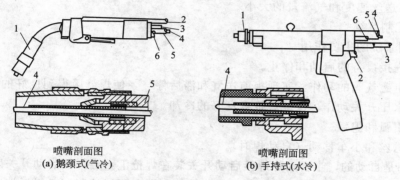

图 7-20　典型半自动焊焊枪结构
1—喷嘴；2—控制电缆；3—导气管；4—焊丝；5—送丝软管；6—电源输入

流情况下使用，除要求其导电部分、导气部分及导丝部分性能良好外，为适应大电流、长时间连续焊接，要求有水冷装置。

五、供气和水冷系统

1. 供气系统

供气系统与钨极氩弧焊相似，由气源（高压气瓶）、减压阀、流量计和电磁气阀组成，其作用是连续向焊缝供给气体，对焊缝进行保护。对于 CO_2 气体，通常还需要安装预热器、高压干燥器和低压干燥器，如图 7-21 所示。对于熔化极活性气体保护电弧焊，还需要安装气体混合装置。

2. 水冷系统

水冷式焊枪的水冷系统由水箱、水泵、冷却水管及水压开关组成。其作用是冷却焊枪，防止其过热，以确保焊接顺利进行。

六、控制系统

熔化极气体保护电弧焊设备的控制系统由基本控制系统和程序控制系统组成。

1. 基本控制系统

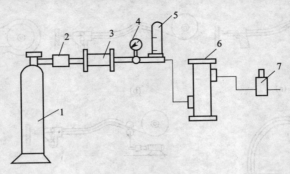

图 7-21　供气系统

1—高压气瓶；2—预热器；3—高压干燥器；4—减压阀；5—流量计；6—低压干燥器；7—电磁气阀

　　基本控制系统主要包括焊接电源输出调节系统、送丝速度调节系统、小车（或工作台）行走速度调节系统（自动焊）和气体流量调节系统。其作用是在焊前或焊接过程中调节焊接电流或电压、送丝速度和气流量的大小。

　　2. 程序控制系统

　　程序控制系统的主要作用是：

　　① 控制焊接设备的启动和停止。

　　② 控制电磁气阀的动作，实现提前送气和滞后停气，使焊缝区得到良好的保护。

　　③ 控制水压开关动作，保证焊枪有良好的冷却。

　　④ 控制引弧和熄弧。

　　⑤ 控制送丝和小车移动（自动焊时）。

　　程序控制是自动的，半自动焊焊接启动开关装在焊枪上，当焊接启动开关闭合后，整个焊接过程按照设定的程序自动进行。程序控制的控制器由延时控制器、引弧控制器和熄弧控制器组成。

七、CO_2 气体保护焊设备

　　CO_2 气体保护焊因其具有生产效率高、焊接成本低、焊接质量好、适应性强、操作简单和易于掌握等优点，已经发展成为一种重要的焊接方法，广泛应用于各行业。

　　CO_2 气体保护焊设备有半自动焊设备和自动焊设备两类，其中以半自动焊设备使用较多，它主要由弧焊电源、控制系统、焊枪及行走系统（自动焊）、送丝机构、供气系统和冷却水系统组成，如图 7-22 所示。

　　1. 弧焊电源

　　CO_2 焊使用交流电源焊接时电弧不稳定，飞溅严重，因此，必须采用直流焊接电源。

　　由于 CO_2 电弧的静特性曲线工作在上升段，所以平和下降外特性电源都可以满足电源-电弧系统的稳定条件。根据不同直径焊丝 CO_2 气体保护焊的焊接特点，一般细焊丝采用等速送丝焊机配用平或缓降外特性电源，粗焊丝采用电弧电压反馈变速送丝焊机配用下降外特性电源。

　　但在实际生产中均采用细丝 CO_2 焊，故一般采用等速送丝配平外特性电源。采用平外特性电源有以下优点。

　　① 电弧燃烧稳定。在等速送丝条件下，平外特性电源电弧自身调节作用灵敏度高，使

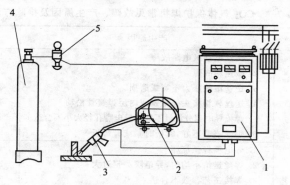

图 7-22　半自动 CO_2 气体保护焊设备

1—电源；2—送丝机；3—焊枪；4—气瓶；5—减压调节阀

电弧能稳定燃烧。另外，平外特性电源短路电流大，引弧容易。

② 焊接参数调节方便。通过改变送丝速度可调节焊接电流，改变电源外特性来调节电压，两者间的影响较小。

③ 平外特性电源对防止焊丝回烧和粘丝有利。当电弧回烧时，随着电弧的拉长，焊接电流迅速减小，使电弧在未回烧到导电嘴时已熄灭。当焊丝粘在工件上时，平特性电源有足够大的短路电流使粘接处爆开，从而可避免粘丝。

此外，颗粒过渡焊接时对焊接电源的动特性没有什么要求。而短路过渡焊接时则要求焊接电源具有良好的动特性，一是要有足够大的短路电流增长速度、短路峰值电流和焊接电压恢复速度；二是当焊丝成分及直径不同时，短路电流增长速度要可调节。

2. 典型的 CO_2 焊机

现以 NBC-250 型 CO_2 焊机为例，对 CO_2 气体保护焊设备进行介绍。该焊机为半自动焊机，主要由弧焊电源、控制系统、焊枪、送丝机构和供气系统组成。焊接电源由三相变压器降压后经三相桥式整流输出直流电，采用三相变压器初级抽头调节方式调节电源的外特性。引弧、熄弧均由手工操作，只有简单的提前送气、滞后停气和送丝电动机的调速控制等电路，但由于其运行可靠、维修方便，所以在生产上仍被广泛应用。NBC-250 型 CO_2 焊机的主要技术数据如下。

额定电流：250A

额定输入电压：380V

相数：三相

额定频率：50/60Hz

额定输入容量：9kW

焊接电流：60～250A

焊接电压：17～27V

电压调节级数：20

焊丝直径：0.8～1.2mm

额定负载持续率：60%

质量：150kg

八、常见故障及排除方法

CO_2 气体保护焊机常见故障、产生原因及排除方法见表 7-7。

表 7-7 CO_2 气体保护焊机常见故障、产生原因及排除方法

故障现象	产生原因	排除方法
焊丝送给不均匀	1. 送丝电动机电路故障 2. 减速箱故障 3. 送丝滚轮压力不当或磨损 4. 送丝软管接头处堵塞或内层弹簧管松动 5. 焊枪导电部分接触不好或导电嘴孔径大小不合适 6. 焊丝绕制不好,时松时紧或有弯折	1. 检修送丝电动机电路 2. 检修减速箱 3. 调整送丝滚轮压力或更换 4. 清洗或修理 5. 检修或更换导电嘴 6. 调直焊丝
焊接过程中熄弧和焊接工艺参数不稳定	1. 导电嘴打弧烧坏 2. 焊丝送给不均匀,导电嘴磨损过大 3. 焊接工艺参数不合适 4. 工件和焊丝不清洁,接触不良 5. 焊接回路各部件接触不良 6. 送丝滚轮磨损	1. 更换导电嘴 2. 检查送丝系统,更换导电嘴 3. 调整焊接工艺参数 4. 清理工件和焊丝 5. 检查各部件 6. 更换送丝滚轮
焊丝停止送进和送丝电动机不转	1. 送丝滚轮打滑 2. 焊丝与导电嘴熔合 3. 焊丝卷曲,卡在焊丝进口管处 4. 保险丝烧断 5. 电动机电源变压器损坏 6. 电动机炭刷磨损 7. 焊枪开关接触不良或控制线路断路 8. 控制继电器烧坏或触点烧损 9. 调速电路故障	1. 调整送丝滚轮压力 2. 更换导电嘴 3. 将焊丝退出,剪下卷曲焊丝 4. 更换 5. 检修或更换 6. 换炭刷 7. 检修并接通线路 8. 换控制继电器或修理触点 9. 检修
焊丝在送丝滚轮和送丝软管进口间发生卷曲和打结	1. 弹簧管内径太小或阻塞 2. 送丝滚轮离送丝软管接头进口太远 3. 送丝滚轮压力太大,焊丝变形 4. 焊丝与导电嘴配合太紧 5. 送丝软管接头内径太大或磨损严重 6. 导电嘴与焊丝粘住或熔合	1. 清洗或更换弹簧管 2. 移近 3. 适当调整压力 4. 更换导电嘴 5. 更换接头 6. 更换导电嘴
气体保护不良	1. 电磁气阀故障 2. 电磁气阀电源故障 3. 气路阻塞 4. 气路接头漏气 5. 喷嘴因飞溅而阻塞 6. 减压表冻结	1. 修理电磁气阀 2. 检修电源 3. 检查气路导管 4. 紧固接头 5. 清除飞溅物 6. 查清冻结原因

第五节 等离子弧焊与切割设备

等离子弧焊是在钨极氩弧焊的基础上发展起来的一种方法,钨极氩弧焊使用的热源是常压状态下的自由电弧,等离子弧焊用的热源则是将自由电弧压缩强化之后获得的电离度更高的电弧等离子体,称为等离子弧,又称压缩电弧。等离子弧具有温度高、能量密度大、焰流速度大、电弧挺度好等特点,广泛应用于焊接、喷涂、堆焊及金属和非金属的切割。

一、等离子弧焊设备

按操作方式不同,等离子弧焊设备可分为手工焊和自动焊两类。手工等离子弧焊设备由

弧焊电源、焊枪、控制系统、气路系统和水路系统等部分组成，如图 7-23 所示；自动焊设备除上述设备之外，还有焊接小车和送丝机构等。

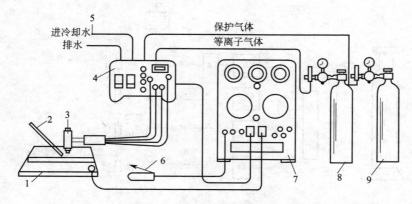

图 7-23　等离子弧焊设备组成

1—工件；2—填充焊丝；3—焊枪；4—控制系统；5—水冷系统；
6—启动开关；7—焊接电源；8, 9—供气系统

按照焊接电流的大小，等离子弧焊设备又可分为大电流等离子弧焊设备和微束等离子弧焊设备两类。

1. 弧焊电源

等离子弧的静特性曲线为微上升形状，为了减少因弧长波动而引起的电流变化，等离子弧焊接电源应采用陡降或垂直下降外特性的电源。当离子气采用氩气时，电源空载电压为 65～85V，离子气采用氩气加氢气或其他双原子气体时，则电源空载电压为 110～120V。大电流等离子弧大都采用转移型弧，可以采用一套电源，也可采用两套电源，30A 以下的微束等离子弧焊都是采用联合型弧，因非转移弧和转移弧同时并存，所以要采用两套电源。

2. 控制系统

控制系统一般包括高频引弧电路、拖动控制电路、延时电路和程序控制电路等部分。程序控制电路包括提前送保护气、高频引弧和转弧、离子气递增、延时行走、电流衰减和延时停气等控制环节。

3. 气路和水路系统

等离子弧焊接中，有焊接气路和保护气路（图 7-24）。焊接气路包括焊接离子气路和引弧离子气路，提供产生等离子弧的工作介质。在供气系统中，还有：气体汇流排，进行均流，均匀分配给各气路；储气筒，对离子气进行缓冲；衰减气阀，对结束焊接时的气流进行衰减。

水路系统用来冷却喷嘴，以获得预期的热收缩效应。

4. 焊枪

等离子弧焊枪的设计应保证等离子弧燃烧稳定，引弧及转弧可靠，电弧压缩性好，绝缘、通气及冷却可靠，更换电极方便，喷嘴和电极对中好。

二、等离子弧切割设备

等离子弧切割是利用等离子弧的热能实现切割的方法。它具有切割速度快、生产效率

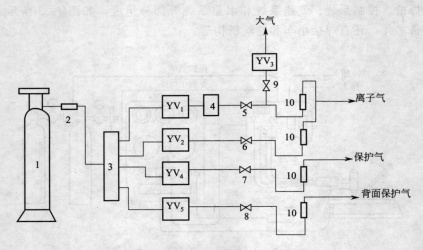

图 7-24　等离子弧焊接设备的供气系统

1—氩气瓶；2—减压表；3—气体汇流排；4—储气筒；
5~9—调节阀；10—流量计；YV₁~YV₅—电磁气阀

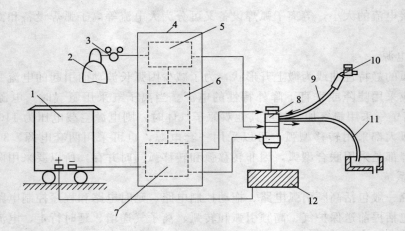

图 7-25　等离子弧切割设备组成

1—电源；2—气源；3—调压表；4—控制箱；5—气路控制；6—程序控制；
7—高频发生器；8—割炬；9—进水管；10—水源；11—出水管；12—工件

高、切口质量好等特点，应用于各种金属材料和非金属材料的切割。等离子弧切割设备主要由电源、控制箱、割炬、气路和水路系统组成。其设备组成如图 7-25 所示。

1. 电源

等离子弧切割和等离子弧焊一样，均采用陡降外特性的直流电源。为获得满意的引弧及稳弧效果，要求切割电源具有较高的空载电压（150~400V），工作电压在 80V 以上。电源可有两种：一种是专用弧焊整流器电源；另一种是可用两台以上普通弧焊发电机或弧焊整流器串联。

2. 控制箱

控制箱主要包括程序控制电路、高频引弧电路、电磁气阀、水压开关等。等离子弧切割过程的控制程序框图如图 7-26 所示。

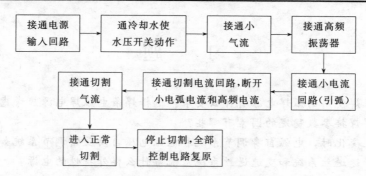

图 7-26 等离子弧切割过程的控制程序框图

3. 气路系统

气路系统的气体用于防止钨极氧化、压缩电弧和保护喷嘴不被烧毁。空气等离子弧切割采用压缩空气作为工作气体，它的供气装置的主要设备是一台空气压缩机，切割时所需的气体压力约为 0.3～0.6MPa，如选用其他气体，可采用瓶装气体经减压后供切割时使用。

4. 水路系统

由于等离子弧切割的割炬在 10000℃ 以上的高温下工作，为保持正常切割，必须通水冷却，冷却水流量应大于 2～3L/min，水压为 0.15～0.2MPa。水管设置不宜太长。一般自来水即可满足要求，也可采用循环水。

5. 割炬

割炬是产生等离子弧的装置，也是直接进行切割的工具，由上枪体、下枪体和喷嘴三个主要部分组成。其中喷嘴是割炬的核心部分，其结构形式和几何尺寸对等离子弧的压缩和稳定有重要影响。

三、等离子弧切割设备常见故障与排除

等离子弧切割设备常见故障、产生原因及排除方法见表 7-8。

表 7-8 等离子切割设备常见故障、产生原因及排除方法

故障现象	产生原因	排除方法
电源空载电压过低	1. 电网电压过低 2. 硅整流元件损坏短路；变压器绕组短路；磁放大器短路	1. 检查网路电压 2. 用仪表检查短路处
按高频按钮无高频放电火花	1. 火花放电间隙太大 2. 高频电源未接通；高频振荡器元件损坏；高频旁路电容损坏；电极内缩长度太长	1. 检查火花放电间隙 2. 检查相应的元件
高频工作正常但电弧不能引燃	1. 离子气不通或气体压力不足 2. 控制元件损坏或接触不良	1. 检查气体压力 2. 检查控制线路
断弧	1. 割炬抬得太高 2. 工件表面不清洁 3. 地线接触不良 4. 喷嘴压缩孔道太长或孔径太小 5. 电源空载电压太低 6. 电极内缩长度太长	1. 放低割炬 2. 清理工件表面 3. 检查地线 4. 改变喷嘴结构 5. 提高电源空载电压 6. 减小电极内缩长度
指示灯不亮	1. 电源未接通或控制线路断 2. 熔丝熔断 3. 控制变压器损坏	1. 接通电源和控制线路 2. 更换熔丝或灯泡 3. 检查控制变压器

习　　题

7-1　对焊条电弧焊使用的弧焊电源有什么要求？选择焊条电弧焊电源应考虑什么因素？

7-2　影响埋弧焊焊接参数稳定的因素有哪些？

7-3　当弧长发生变化时，电弧自身调节系统和电弧电压自动反馈调节系统如何进行调节？

7-4　埋弧焊的等速送丝系统和变速送丝系统应配备什么样外特性的电源？

7-5　埋弧焊机主要由哪几部分组成？

7-6　怎样选择埋弧焊的弧焊电源？

7-7　对 TIG 焊的电源外特性有什么要求？TIG 焊常用的传统电源有哪些？新型电源有哪些？

7-8　TIG 焊为什么要采用引弧器？目前常用的引弧、稳弧器有哪些？其工作原理如何？

7-9　熔化极气体保护焊机分为哪几类？各应用在什么场合？

7-10　对熔化极气体保护焊的弧焊电源有什么要求？

7-11　熔化极气体保护焊机由哪几部分组成？

7-12　分析 CO_2 气体保护焊采用平外特性电源的原因。

7-13　等离子弧焊设备通常包括哪几部分？各部分应满足哪些要求？

7-14　对用于等离子弧切割设备的弧焊电源有什么要求？

附录　电焊机型号编制方法

弧焊电源的型号是根据《电焊机型号编制办法》制定的。电焊机包括电弧焊机、激光焊机、电阻焊、电渣焊机、电子束焊机等。

现将中华人民共和国原第一机械工业部标准《电焊机型号编制办法》（JB 1475—1988）摘要如下，供使用参考。

一、总则

本方法规定了电焊机及其控制设备等型号的编制原则。适用产品范围大类名称如下：

1. 弧焊发电机
2. 弧焊整流器
3. 弧焊变压器
4. 埋弧焊机
5. TIG 焊机
6. MIG/MAG 焊机
7. 等离子弧焊机和切割机

......

各个大类又按其特征和用途，分为若干类。

二、编制原则

1. 电焊机型号代表字母见附表1。
2. 产品型号由汉语拼音字母及阿拉伯数字组成。
3. 产品型号的编排次序如下：

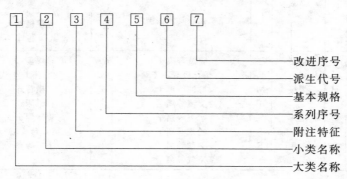

附表 1　电焊机型号代表字母

序号	第1项		第2项		第3项		第4项		第5项	
	代表字母	大类名称	代表字母	小类名称	代表字母	附注特征	数字序号	系列序号	单位	基本规格
1	A	弧焊发电机	X P D	下降特性 平特性 多特性	省略 D Q C T H	电动机驱动 单纯弧焊发电机 汽油机驱动 柴油机驱动 拖拉机驱动 汽车驱动	省略 1 2	直流 交流发电机整流 交流	A	额定焊接电流
2	Z	弧焊整流器	X P D	下降特性 平特性 多特性	省略 M L E	一般电源 脉冲电源 高空载电压 交直流两用电源	省略 1 3 4 5 6 7	磁放大器或饱和电抗器式 动铁式 动圈式 晶体管式 晶闸管式 交换抽头式 逆变式	A	额定焊接电流
3	B	弧焊变压器	X P	下降特性 平特性	L	高空载电压	省略 1 2 3 4 5 6	磁放大器或饱和电抗器式 动铁式 串联电抗器式 动圈式 晶闸管式 交换抽头式	A	额定焊接电流
4	M	埋弧焊机	Z B U D	自动焊 半自动焊 堆焊 多用	省略 J E M	直流 交流 交直流 脉冲	省略 1 2 3 9	焊车式 横臂式 机床式 焊头悬挂式	A	额定焊接电流
5	W	TIG焊	Z S D Q	自动焊 手工焊 点焊 其他	省略 J E M	直流 交流 交直流 脉冲	省略 1 2 3 4 5 6 7 8	焊车式 全位置焊车式 横臂式 机床式 旋转焊头式 台式 焊接机器人 变位式 真空充气式	A	额定焊接电流
6	N	MIG/MAG焊机	Z B U G	自动焊 半自动焊 点焊 堆焊 切割	省略 M C	氩气及混合气体保护、直流 氩气及混合气体保护、脉冲 二氧化碳气体保护焊	省略 1 2 3 4 5 6 7	焊车式 全位置焊车式 横臂式 机床式 旋转焊头式 台式 焊接机器人 变位式	A	额定焊接电流
12	L	等离子弧焊机和切割机	G H U D	切割 焊接 堆焊 多用	省略 R M J S F E K	直流等离子 熔化极等离子 脉冲等离子 交流等离子 水下等离子 粉末等离子 热丝等离子 空气等离子	省略 1 2 3 4 5 8	焊车式 全位置焊车式 横臂式 机床式 旋转焊头式 台式 手工等离子	A	额定焊接电流